文芸社セレクション

素敵な三角関係

松本 貴久

JN126963

文芸社

目次

プロローグ

光溢れる天空の影に魔窟があった。常に人間が自分の邪心や他人の悪意で滅んでいくのを悪魔達は笑い煽っていた。いつもは地道にひっそりと活動しているが、時折腕試しの祭が開催された。初日の魔窟は噴き出す炎に照らされる中、頭首を乗せ山が迫り上がってきた。直ぐに沢山の悪魔達が続々と火から姿を現す事で周囲は、黒い者達に埋められ整列していった。遅れたブラックが、すっとナイフの横にきて一同に交ざった。

「ブラック。誤魔化そうとしても、分かっているぞ！」

「申し訳ありません！」

「揃ったようだな」

と、頭首の視線が全体へ移ると、ブラックはナイフに同意を求めた。

「少し位、ええやないか、堅いな……」

ナイフは呆れた顔で無視をした。

「ふん、冷たいな……」

「ブラック！　静かにしろ！　やる気がないのなら居残って、私の手伝いをしろ！　どうだ!?」

「滅相もない。楽しいイベントやのに堪忍して下さい」

「なら、黙って聞け！」

「はい！　御指示のままに……」

と、俯くブラックにナイフは、一瞥し無関心を装った。

「よいか、これより魂狩りの強化月間を開始する。最適なカモを探し、肉親、友人、近所も巻き込み、工夫したテクニックで根刮ぎ狩り取れ！　効率良くいけ！……但し下界に住む天使達とは拘わるな！……絡まず避けていれば、特殊能力の覚醒もなく安全に事が運ぶ！　くれぐれもチェックを怠るでないぞ！……」

「いつも同じ注意や。せやけど悪人に肩入れする心の綺麗な善人なんかおらん。使者もシビアや……」

「確かに……」

と、ブラックの突っ込みにナイフは、思わず同調した。

「ブラック！　嘗めていると痛い目に遭うぞ！」

「大丈夫です。ヘマしまへん！……」

「よし、終了後、その自信からくる教訓をみなに発表してやれ！……」

「はい！」

と、答えるブラックは、含みある頭首の言葉に妙な気がした。

「今回は大量の死者も予言されている。チャンスを旨く活かし大収穫とするがよい！……

始めろ、行け‼」

　と、頭首の号令で沢山の悪魔達が大空へ飛び出す中、ブラックとナイフも共に旋回し散っていった。

　天上の炎が消える頃、草原に立つ一本の大木目掛け降りてきたナイフは、ふさふさとした葉の天辺へ止まった。森をバックに辺りは微風と三日月の光だけが、変化を与える空間だった。気取って直立するナイフは、大きく広げた両腕に風を感じながら言った。

「う〜ん、いい流れだ！……最高の魂狩りになりそうだ！……」

　そこへ、ブラックもすっとやってきて空中で座った。

「何、かっこつけとるんや！　半人前が！……」

　と、茶々を入れられナイフは赤面し叫んだ。

「黙れ！　私に構うな！……過ぎた事をネチネチと……」

「アホ！　現在進行形や！……俺がおらんとややこしい問題は、よお、切り抜けられへんやろ！……」

「いつの話だ！……お前がいるから失敗になるのだ！……消えてくれ！……」

「まあ、そう強がるな！……あかん時は助け合うもんや！……」

「だから、お前がいるから、おかしくなるんだ！　自覚しろ！……」

「しゃあないなあ〜、ほな一人でやれ！……どうせ泣きついてくるのが目に浮かぶけど」

「お前こそ、魂を狩る前、人間に姿を見せる危険なやり方、やめろ！」

「アホ！　あんな気持ちのいい瞬間があるか!?……今まで散々非道な生き方を重ねた付けが、悪魔の餌食になる事やと思い知らせ、地獄へ引き込む！　あの恐怖で歪む顔は、中毒になるで!!」

「だが、しくじったらその獲物が死なない限り離れられず、他の魂も拾えない！　分かっているのか!?」

「勿論や！　せやけど、そんなミスするかあ！……残念やな」

「ふん！　過信しているがいい！　後悔、先に立たずだ！……」

と、プリプリしながらナイフが、飛んで行った。

「ほんま、ガキやなあ！……一丁、大暴れして恒例の魂狩りでぎょうさん、戴こか！……ナイフの奴が取れんで困らんようにしたらなあかんし……俺ってええ奴やなあ！……」

と、自分に陶酔しつつブラックも、大空を進み出した。

再会

　風が秋に変わり、爽やかな空気を運んできた。朝日が海の水面へ差し込み、穏やかに寄せては返す波を輝かせた。そんな美しい風景すら眺める余裕のない菊池明江は、黙々と堤防沿いをランニングしていた。明江は、いくつもの採用試験を受け、やっと念願が叶い小学校の教員となった。理想に燃えはりきっている明江を校長の田中厚子は、応援していた。明江の失敗に対しても、冷ややかな視線を投げる他の先生方と比べ田中は、にこやかで寛大だった。そして、今年の春、田中は押し切る形で明江を担任に抜擢した。

「あの！……私なんかまだ未熟ですから、荷が重すぎます！……」

　と、狼狽する明江に田中は、優しく言った。

「菊池さんなら、大丈夫です」

「えッ……でも！……」

「期待してます」

「はい！……」

　と、受ける明江は、全力で頑張ろうと思った。

　だが、いくら努力しても生徒達の気持ちは掴めず、バラバラなクラスを纏められずにいた。日々、沈んでいく明江の心は地面を睨み問うが、いつも堂々巡りの自分と今日も葛藤していた。

〝どうすればいい？　私の何が悪い？　そうよ！　駄目な新米教師！……出来るわけない!!……でも、逃げるなんて厭！　必ず……きっと……打開の方法が！……やっぱり……無理よ!!〟

と、うんざりして立ち止まった途端、激しい感情に追い詰められる明江は到頭、然り気無く気分転換させてくれる太陽の光や海風すら受け付けず、どうしようもなく落ち込んでいた。

そんな空気を土足のまま掻き乱す勢いで石丸辰也が、明江の前に現れた。

「頼む！　匿ってくれ!!」

「えッ!?……」

と、明江が驚いている間に、辰也は下へ降り身を潜めた。

直ぐ追ってきた村田周平を見てぎょっとする明江は、後退りした。周平はお構いなくよれたヒラヒラのワンピースと崩れた濃い化粧を近付け、必死に尋ねた。

「ねェ！　背がスラッと高い細身のカッコいい男、見なかった!?……」

「その……いいえ……」

「本当でしょうね!?」

「は……はい……」

「隠しだてしたら、許さないわよ!!」

と、凄む丸顔の周平は、凶暴ぽく女性らしさが無くなっていた。

「し……知りません……」

と、辛うじて返す明江に周平は、疑念を抱きつつ走り出した。

周平が離れたのを確認すると、辰也はす速く明江の前に戻り言った。

「ありがとう!……」

「いえ……」

と、明江は苦笑いを浮かべた。

「ちなみに誤解しないでくれ!……俺は至ってノーマルなんだから!……」

と、付け加える辰也に懐かしい匂いがする明江は、ぼんやり眺めていた。

次の瞬間、気配を感じ振り向いた周平が、ダッシュで引き返してきた。慌てる辰也は、怖くて棒立ちになる明江を置いて急いで逃げた。追う周平は、明江の側を通りながらぼやいた。

「今更、再会なんて辰也以外、最悪!……」

と、去っていく周平の背中を見送る明江の心は、叫んだ。

〝はあ!?　あなた誰!?〟の疑問が消えると明江の胸は、甘酸っぱい過去で溢れた。すっと浸りそうになった時、辰也の悲鳴が聞こえた。

「助けてくれ!!」

びくっとする明江は、思い出を凍らせ辰也の所へ突進した。スカートが絡まって旨く上がれない周平など目もくれず岩場を登っていった。周平もメラメラ恋の炎が燃え、後に続いた。先へ来た明江は、崖から落ちた辰也が岩を必死で握り、足掻いている危機一髪の状況に直面した。

「大丈夫!?……掴まって!?」

と、伸ばす明江の手を辰也が取ろうとするが、揺れに阻まれていた。

いや、ブラックが辰也の体に抱き付き邪魔をしていた。軽いウォーミングアップのつもりで辰也の悪意に取り付いたブラックは、罠を仕掛けていた。まんまと嵌まった辰也をブラックは、今まさに海の底へ引き摺り込もうとしていた。

「ジタバタしても無駄や！　はよ諦めて、年貢を納めや！……」

と、ブラックは姿を現した。

「だ……誰だよ!?」

「俺は、お前を地獄へ導く案内人や!!」

と、返され、辰也の顔が蒼白になり体も硬直するのを見た途端、ブラックは満足げに笑い思い切り引っ張った。

次の瞬間、石から離れた辰也の手を明江がしっかり持った。

「駄目！　頑張って!!」

と、叫ぶ明江の美しい内面が輝き出したのを気付かないブラックは、凄んだ。

「アホ！　女なんかに負けられるか!?」

「威かしたって、絶対に彼は渡さない！」

　と、見えない相手に反撥する明江は、無意識で溢れる光を放出した。

　それは鋭い矢のように飛び、ブラックの肩に命中すると、悲鳴をあげ海へ落下していった。驚いて目で追う辰也は即行、明江の力も借りて逃げようと踠いた。だが、助けられず困っている明江の所に、漸く周平が来て加わると、なり振り構わず全力で手伝い辰也を引き上げた。三人は息を切らし座り込んだ。明江のお陰で辛うじて命拾いした辰也の片手に現れた透明の手錠は、ブラックにも掛かり魂を狩るまで終わらない戦いが始まった。

「アホな……ありえへん……あの女、何や!?……くっそ～俺のプライド、どうしてくれるんや……」

　と、呟くブラックは直ぐにでも汚名返上したかったが、失敗のショックや明江への恐怖でじっと気配を消していた。

　弱まる魔力が、三人の間に笑顔と安堵を齎した。

「本当、良かった！……」

　と、喜ぶ周平は、辰也に口付けをした。

「嘘！……」

　と、どんびきする明江の瞳が、辰也に激しい拒絶反応を与えた。

　必死でジタバタ暴れ、顔を背け突き飛ばす辰也が走り出すと、ブラックは風船のようにフワフワついていくしかなかった。

「もう、何で厭がるのよ!?　祝福のキスを！」

と、少しプリプリしながら周平は、後を追った。

唖然としたまま取り残された明江の耳に、辰也の声が届いた。

「彼女、ありがとーう!!……又、どこかで!!」

「約束だよ！……必ず、もう一度会えますように……」

と、微笑み願う明江は、思い出の扉を開いた。

そこには大学生の明江と辰也がいた。明江と辰也は同じ学部の広い一室で、前と後ろに座り受講している接点のない関係だった。だが、しょっちゅう遅刻をした上に講義中も熟睡する辰也は、先生から注意される度に、落語家のような口調で理由を並べ立てた。そのくだらない言い訳や呆れ困っている先生を周りの学生は、不快と愉快に分かれ騒ぐが、結局憎めない辰也の不思議な魅力がうやむやで終わらせていた。真面目にマイペースな勉強をし、サークルやバイト、ボランティアも頑張る明江は、どことなく辰也が羨ましく、少し離れた所から眺めひそかに楽しんでいた。まだ、恋とも言えないざわめきを抱く明江に不幸が襲った。危篤の知らせを受け帰った明江は、病室で眠る母に茫然としていた。乳ガンがリンパへ飛び入退院を繰り返し闘病生活に挑んでいた母の力尽きている姿は、明江が暮らす世界と大きな隔たりを作っていた。脅える明江は母の手をしっかり握った。

「頑張って……行かないでお母さん……」

　と、泣きべその明江に気付き目覚める母は、微笑み指で横の引き出しを示した。開けると封筒があり、母に促される雰囲気で明江は手紙を読んだ。母が最後の体力を振り絞って書いた崩れた字は、明江の心を締め付けた。

〝昨日、明江の結婚式に出た夢を見たの。顔や体型は私の好みだけど、困った無軌道ぶりね。まあ、大変だけど改心し明江を世界一幸せにするって誓ったから、信じるわ！……痛みを知っている人の方が、明江を大切にしてくれるもの！……〟

「まだ、恋人もいないよ……」

　と、明江は涙を浮かべて内容に突っ込んだ。

「大丈夫……擦れ違っても諦めちゃ駄目よ……未来の旦那様によろしくね……」

「あの……」

　と、明江が言い返す間もなく、疲れ果てて眠った母は、そのまま天に召されていった。望みが絶たれた明江は、無表情で淡々と通夜、葬式を済ませた後、気が抜け座り込んだ。今まで流れていた暖かい空気や大きな存在感が消えたガランとした家の中で明江は、母を想い泣き崩れた。父の寂しい背中にも悲しみが大きくなる明江の魂は固まっていた。父は沈んでいる自分と明江に気付き、発破を掛けた。

「元気出せ！……鬱陶しい顔なんか、かあさん好きじゃないぞ！……」

「うん……」

「私は平気だ。早く戻れ、切り替えて夢へ邁進しろ！……叶ったら報告にこい！……」

だと実感した。

と、突き放す父の言葉に沈黙する明江は、甘え切れない距離を母が埋めてくれていたの

促されるまま帰路につく明江は、頭で分かっていても心の孤独を止められずにいた。友達の気遣いや優しさすら体を通り抜けるだけの明江は、作り笑いで応えるしかなかった。

遣る瀬ない日々を送る明江は、ある朝交差点で人混みに押され転んだ。足を挫いた明江は、必死で立とうと踠くが出来ず、情け無い自分と重なり泣けてきた。周囲に広がる無関心な空間の中で凍り付いていく明江を狙い、突然、熱風のような声が吹いてきた。

「何してるんだよ！……大丈夫か!?」

と、言われ顔を上げた明江は、辰也と目が合った。

「えッ!?……」

「取り敢えず邪魔だから失礼！……」

と、辰也にお姫様だっこされたまま人波を抜けていく明江は、恥ずかしさとドキドキで赤面していた。

す速く脇道へ逸れた辰也は、明江をベンチに座らせた。

「ご……ごめん！……ありがとう！……」

と、俯いている明江に辰也が返した。

「あんな所に陣取って、交通妨害したかったのか？」

「違う！……痛くて已むを得ず……」

と、強く否定する明江を辰也は、微笑ましく思った。

「冗談だよ。真面目に答えられると照れるな」

「あッ……」

と、暗くなる明江の足を辰也は、触った。

「結構、腫れてるな！……医者行くか？」

「ううん……もう一人で平気。石丸君、大学に……」

「今、置き去りにしたら、見て見ぬ振りの奴等と同じになっちまうよ！……それにサボリはいつもの事だし、お構いなく」

「でも……」

「人の心配してる場合か？……又、こけて通行止めにしたいのか？」

「なら、タクシーに乗せて……お願いします」

「遠慮するな。診察してもらおうぜ。骨折れてたら大変だし、後遺症でも残ったら後悔するぜ！……付けておくから、いつか恩返ししてくれ！……」

と、言う辰也は、明江の知らない真面目さを感じた。

「分かった、倍にして払うわ。じゃあ、お言葉に甘えて……」

「良かった」

と、背を向ける辰也に明江は躊躇していた。

「どうした？　お姫様だっこの方がいいのか？」

「いえ、十分です」

と、辰也におんぶされる明江は、仄々としていた。

辰也は直ぐスマホで検索すると一番近い総合病院へ運んだ。沢山の外来患者がいる待合室で座る明江と辰也は、淡い緊張に包まれつつおしゃべりをしていた。だが、楽しくて時間や痛みすら忘れる明江は、看護師から名前を呼ばれキョトンとした途端、少数になった周囲が映った。

「やっとか!……長かったな……」

と、ぼやく辰也にテンションが下がる明江は、残念な気分で答えた。

「うん……ゴメンね……」

「何がだよ?　ほら、行くぞ!……」

と、急かす辰也と明江は、診察室に入った。

検査を受け捻挫と診断されホッとする明江に対し辰也は、笑顔で喜んだ。意外そうな顔の明江と外へ出た辰也は、同意を求めるように言った。

「腹減ったな!……」

「えッ……」

「俺のイキツケでランチにするか!?……」

「でも……」

「このまま、あいそなしかよ!……」

「違うけど、無理してない?……」

「そんな単語、知りません!……けど、ノリ悪い、良くない!……心のリフレッシュ、大切!……OK?」

「はい」

と、クスッと笑う明江の表情が、朗らかになり、緑の薫りで深呼吸する頃、公園のベンチに座っていた。

絶妙な匂いは、全体を街の喧噪から守る木々達と噴水の周りに咲き乱れる季節の花ばなが混ざり合い作っていた。明江は雰囲気に魅了される反面、予想外な場所に戸惑っていた。

そこへ、買い出しにいった辰也が戻ってくると、渡された焼きそばとタコ焼きのセットを明江は持っていた。隣で掛け同じ物を食べる辰也は、真ん中に置いた大盛のカラ揚げも勧めた。

「これもイケるぜ!……」

と、ぱくつく辰也を見詰めながら、明江も口に入れた。

空気のスパイスで一層おいしく思える明江は、辰也のイキツケに共鳴していた。今度は手作り弁当を御馳走したいと想像する幸せそうな明江に、安心した辰也が言った。

「良かった。食欲も出てきたなら、もう大丈夫だ。とりあえず完治だね」

「えッ!?……」

「交差点で会った時は、負のスパイラルが体に充満し、悲鳴をあげたまま自滅しそうだったけど……」

「そうだね……母が亡くなってから、しっかりしなきゃ、頑張らなくちゃって気負う程、寂しさが込み上げてきた。でも、我慢して笑ったら、何をしても楽しくなくて……無関心と苛立ちに包まれフラフラさ迷っていた。もう、破裂寸前だった……ありがとう。止めてくれて！……」

と、明江は涙を浮かべていた。

「泣くな！……肩の力を抜いてぼんやりしてろ！……辛いのに背伸びは禁物だ！……身内の死は静かに心の中へ滲透してきて根深く巣を張って離れないものだ。足掻き振り放そうとしても消えない。ただ、薄れゆくのを待つだけ……いい思い出として語れるまで無理しない事だ！……」

「うん、肝に銘じます！……あの……石丸君も、誰か？……」

「まあね。俺の場合は小さい頃に……やめようぜ、暗い話は……いつか落ち込む日があって、グチリたくなったら聞かせてやるよ」

「分かった。私も最高のカウンセリングが出来るように、自分を研くね」

「期待してるよ！……ああ、いい気持ちだな……俺も自由に飛びたいよ！……」

と、伸びながら辰也は、空の鳥を眺めた。

釣られ同じ所へ視線を移す明江が、子供っぽく言った。

「私は雲の上でお昼寝がしたいな」

「いいね！……俺、自身の翼で世界一周するのが夢なんだ。疲れたら羽を休めに寄ってやるよ！……」

「本当!?……でも、可能なら参加したいな」

「駄目！　男のロマンを探す旅だから！……」

「残念……熟睡します……」

と、ふんわりした寂しさが吹く明江をよそに辰也は、真顔で返した。

「けど、就職するな、普通に……」

「どうして!?」

「立派な社会人になる姿を最強の味方が、心待ちにしているから……」

「彼女とか？」

「ばあちゃん！……菊池の夢は？……」

「教師。両親の影響かな……」

「そっか！……具体的でいいよ」

と、考え込む辰也は、すっと景色に同化し大きな隔たりを明江に感じさせた。

明江は言葉も掛けられず困っていると、直ぐ現実に突かれた辰也が振り向いた。

「送ってくよ」

と、続けるが、自己の世界に浸る辰也は、黙ったままおんぶした明江をマンションへ運んだ。

部屋の前まで来ると、辰也は無意識に口を開いた。

「じゃあ、お大事に……」

と、歩き出す辰也を止めたい明江は、必死で誘った。

「あ、ありがとう！……その、お茶でも！」

ハッとする辰也は、軽い調子で濁した。

「悪い！　今からバイトなんだ。又、チャンスがあったらランチしようぜ！……」

「うん、約束だよ！……」

と、答える明江は笑顔で頷き、帰って行く辰也をいつまでも見送っていた。

だが、次の日から辰也は大学に来なくなった。心配する明江は、辰也の友達に教えてもらった携帯番号とアドレスで連絡をとり始めたが、いくら送っても返信のない毎日にじりじりしていた。そして、三週間後、大学へ現れた辰也は、辞める手続きを済ませ、仲間に挨拶し去っていった。入れ違いで戻ってきた明江は、騒がしい教室を不思議に思っていると、辰也の友達の声が響いた。

「菊池！　辰也、残念がっていたぜ、会えなくて！……」

「えッ!?　どう言う事?……石丸君来たの!?」

「ああ……」

と、事情を聞くや否や明江は飛び出し、校内を必死に捜し回り正門の近くで止まった。

キョロキョロする明江は、しょんぼり立っているノーマルな周平が目に付き、荒い息で尋ねた。

「石、丸君！……見なかった!?」

「もう、疾っくに行っちゃった、よ……」

と、赤い目で横を向く周平の言葉に、明江はがっくりとした。

暫く動けなかったが、急に走り出した明江は、人気のない裏庭で泣き噦っていた。凍りそうな悲しみの中で、沈んでいく明江を風が優しく包み通り過ぎた途端、着信が入った。

びくっとして確かめる明江は、一瞬にして涙が止まるほどの集中力で文面を追った。

「何度もメールや電話もらっていたのに返せなくてゴメン！……俺、自分の道を探求する為、旅に出るよ。いつか必ず、翼を休めに戻るから、その時は優しく迎えてくれよな！……じゃあ、さいなら！……」

と、読み終えた明江は、直ぐ辰也に掛けたが、繋がらず返信を打った。

「待ってる。私も夢を叶えて！……忘れないで！　ちゃんと休息しないと羽や心がささくれてしまうから……きっと、きっと立ち寄ってね。ずっと、御預けは辛いよ！……空を眺めてむくれそうです……」

と、スマホを抱き締める明江は、慟哭した。

音沙汰のないまま月日は流れ、うやむや化した明江の恋心は、突然現れた辰也によって発火していた。再燃するときめきや痛みで思い出から覚める明江は、三年三組の教室前にいた。忘れかけていた穏やかな気持ちに励まされる明江は、負けじと扉を開けた。

タコ焼き

ガヤガヤと賑やかな教室の中へ入る明江は、教壇に立ち言った。

「はい！　席につきなさい！……」

の号令にパラパラと戻るが、無視して平気でいる生徒達を直視し冷静に繰り返した。

「静かにして、座りなさい!!」

いつもなら、声のトーンがヒステリーになっていき、仕方なく着席する生徒達も、怪訝な明江の雰囲気を察知し従った。だが、大能武は平然と携帯のゲームをやり続けていた。

「大能君、電源切ってしまいなさい！」

「どうして？　僕ばっかり！……みんなもしてるよ」

と、返され全体へ視線がいく明江は、机の中に隠す携帯と生徒達を捉えた。

「ねェ、一人でゲームするのって寂しくない？」

「どこが？……」

「沢山の友達と遊ぶ方が楽しいと思わない？……」

「別に！……僕、スポーツは嫌いだし、集団でいるのも苦手だから！……」

「人と触れ合うのは大切よ。ゲームを黙々とやっているのでは味わえない失敗や後悔、喜びや友情が学べるわ」

「それが何？……なくて困るの？」

「大人になればなるほど必要になるわ」

「ふーん、だから？……」

「もっと、大能君やみんなも色々な事に挑戦してほしいの！……」

「たとえば？……やって見せてよ！……」

「わかった。考えます」

「絶対だよ。いつものダルい交換日記や花の世話じゃなく、必ず興味持てるものにしてね」

と、武は試すような視線を明江に送った。

「ええ、努力します」

と、武の言葉を受け止める明江は、生徒達全員に納得してもらえる企画を模索したかった。そして、平行線な生徒達との関係を払拭出来るような形にもなってほしかった。

勢い良く職員室へ戻る明江は、ふと不安や軽率さに襲われ立ち止まった。現実逃避するように廊下の窓から空を眺める明江は、雲に乗って笑顔一杯の生徒達と遠足を楽しむ空想がオーバーラップしていた。

「どうしたの!?……」

と、咎める声にびくっとする明江は、振り向いた。

「校長先生……」

「何をしているんですか？　こんな所で？……」

「いえ、その……クラスの事をちょっと……」

「やはり大変ですか、担任は？……」

「はい。壁ばかりで四面楚歌です」

「負けずに一つ一つクリアして菊池先生の描く夢ある空間を作って下さい。諦めない根性や逆境に強い心、将来まで見据える力も教えたいと語ったあなたに私は、期待しているのです」

と、やんわり田中に責められた途端、教室で騒ぐ生徒達が過る明江は、発憤し返した。

「あの！　試してみたい授業があります。無謀なチャレンジかもしれませんが、やりたいです。煮詰まったら御相談に伺います」

「そう、わかりました。菊池先生らしい提案を待ってます」

「はい、必ず」

と、答える明江は、田中の背中を追い歩き出した。

明江にとって田中は、目標であり尊敬する教育者だからこそ、他の先生方の冷たい視線や重箱の隅を楊枝でつつくようないじめにも堪えていた。特に担任を奪われた岸田京子は、明江にネチネチ絡んできた。

「まだ、続けるの？　好い加減白旗を上げたら！……今までの新米さんらは、引き際を知っていたわよ」

「私は投げ出しません！……」

「でも、叶えられない理想は無駄よ！……」

「残念です。岸田先生にもあればもっと……」

「遠回しに依怙贔屓への非難？……」

「はい！……直してほしいです」

「何故？……菊池先生との差が全く分からないんだけど！……」

「でも、生徒達の心に傷が残ります」

「なら、菊池先生は今のやり方で、絶対にしていない!?……」

と、問われ反論を考える明江に、透かさず岸田が付け加えた。

「教師も一つの職業なんだから、強い者に従って安全や安心を図るのは当然よ。校長先生だって同じ！……」

「そんな事ありません！　立派な教育者です」

「崇拝も自由だけど、思い込みは痛烈なしっぺ返しになるわよ。失礼……」

と、帰って行く岸田を見送る明江はふと、助け舟もなく放任する田中のやり方が、喉に刺さった小骨みたいな引っ掛かりを与えていると自覚した。重い現実も学校を出てしまうと解放感が走る明江は、無意識で辰也の姿を捜しながら家に向かっていた。沈む夕暮れの美しさに溶け込むふんわり気分の明江をぶち壊す勢いで、聞きなれた声が響いた。

「金、返せよ!!」

びっくりして明江は音の方へ行くと、屋台の主人へタコ焼きの舟を突き付け武が怒っていた。

「よく、こんな不味いもの売るよ！……詐欺だ！」

「何だと！……」

と、武の前に威嚇する恰好で主人が立った。

「だって……」

と、ひるむ武へ迫る主人との間に明江が割って入った。

「あの……すみません！　許して下さい！」

と、顔を上げる明江は、辰也と目が合った。

「よッ！　又会えたね。その節は本当にありがとう」

と、優しい表情で笑う辰也を見付けられて明江は、嬉しくてたまらなかった。

「ねェ、先生の知り合いなら注意してよ。最低だって！……」

と、タコ焼きを差し出された明江は、辰也へ遠慮しながら食べた。

次の瞬間、口を押さえる明江は、小さなタコがいるメリケン粉とソースの味しかしない物体を一気に飲み込んだ。

「どうなの？……先生!?」

と、せっつく武と反応を窺う辰也に挟まれた明江は、苦肉の策で答えた。

「先生が奢ってあげる」

と、武に代金を渡した。

「何だよ、ズルイ！……」

「どうして？　大能君は返金してほしかったんでしょ。でも、買ったものを戻すなら、味覚が合わない位じゃ駄目！……腐っているとか、虫の混入みたいなちゃんとした理由を提示しないと！……」

「誤魔化してる」

と、不服そうな目で武に凝視された明江は、少しひるむが負けじと反論した。

「してません！……それに大能君、生意気な言葉使いは慎みなさい。ちょっとした言動が災いして凄い恐怖や後悔を招く事もあるのよ！……」

「最悪！……もう、いいよ」

と、武は帰っていった。

「気を付けてね！……」

と、武を見送る明江は、はぐらかしたようで辛く、辰也との間に沈黙が流れた。

「で、感想は？……」

と、スパッと破る辰也に明江は、少し躊躇するが、思い切って正直な意見を述べた。

「私も美味しくないかな……もっと研究した方がいいよ。だって、ねぎや天かすも入ってないし、生地に工夫がないと纏まり難いんじゃないかな……」

「やっぱ、厳しいか！……一番元手が掛からないで出来そうだったのに……」

「大丈夫だよ。人に喜んで貰える味を作りたいと願う心があれば！……」

「正論より早く儲けないとヤバイいんだ……」

「どうして？……」

「まあ……色々……所で先生はタコ焼き好き？」

　と、聞かれ、明江はムッとして返した。

「今も！　公園で食べた焼きそばとタコ焼きのセットになっているものが大好きです。それと私、菊池明江です。あなたを生徒に持った覚えはないわ！……」

「ゴメン。同級生なんだろ！……俺、途中でやめたから曖昧だけど、周平が言ってたよ」

「えッ？……誰？」

「村田周平。あの時、俺を追い掛けてきたニューハーフだよ。菊池さんの記憶にいる人物とはかなり違うよ」

　と、辰也に説明され、ぼんやり顔が浮かぶ明江は、固まっていた。

「意外？……でも周平は自分を認めて、親から勘当されても女性として生きる道を選んだ。俺も自由な世界に憧れて旅を続け……夢が見付からず不幸で！　不公平だよ！……特に、あんたみたいな順風満帆そうで自信のある人に会うと凄くね！……」

「勝手な決めつけはしないで！……私を知らないあなたに悩みが分かるの!?……」

「なら、落ちぶれた事あるか？……」

「論点を擦り替えておもしろい？……何故、誤魔化すの!?……もっと広い視野から考えないと、脳はストレスに飲まれ余裕がなくなるわ！……」

「もう、カラカラだよ！……」

「まだ、あなたなら頑張れるわ！……」

「悪いけど、理想の押し売りはやめてくれ！……空論を振り翳して善人づらするなよ！」

と、拒絶する辰也と職員室で刺さってくる先生方の白い目が重なる明江は落ち込み、いたたまれず立ち上がった。

「失礼します」

と、歩き出す明江とふて腐れ横を向く辰也を捉えるブラックは、屋台の屋根から大空に跳ね上がった。

「ほんま、ええ状態や！　見事あいつの魂頂戴したる！……邪魔しおった女の前で名誉挽回や！」

と、飛ぶブラックは、直ぐに眠らせた運転手が乗るトラックを操り辰也目掛け戻ってきた。

ふと過る殺気に振り返った途端、驚き走る明江は、気付かない辰也の腕を持ち力一杯引っ張った。道路を安全な方へ辰也と共に転がる明江は、大きな音をたててぶつかるトラックと破壊されていく屋台に驚愕した。辰也も凍り付いた表情で明江と同じ方向を見た。

「くっそ～もうちょっとやったのに、又してもあいつめ――!!」

と、じだんだ踏むブラックに気付いた辰也が叫んだ。

「あ、あっちへ行け！　来るな悪魔!!……」

透かさず反撃する形で明江の心は、ブラックに美しい光をお見舞いしていた。それが顔を掠めるとブラックは固まり動けなくなった。

「もう、しつこいわね！　今度は心臓を狙うから覚悟しなさい!!」

と、明江に睨まれたブラックは、ブルブル震え出した。

「見えるの!?」

と、辰也に聞かれた明江の気が逸れた瞬間、ブラックは木の陰に隠れ気配を消した。

「あッ、逃げた！……」

と、続ける辰也に明江は答えた。

「ううん、感じるだけ！……だから、上手に射止められない……」

「はあ!?……意味不明!?」

「旨く言えないけど……相手が私を嫌がっているのは何となく……」

「俺、標的だよな！……」

「多分……」

「あんた俺を助けられるのか!?……」

「ゴメン、分からない！……でも、守り救いたいって考えてるよ」

「本当か!?……」

と、明江の肩に置く辰也の手が腫れて血がでていた。

「うん！……あッ、怪我してる大丈夫!?」

「こんなの平気さ！……」

「でも、救急車呼ばないと運転手さんが！」

と、トラックに視線を移す明江は、眠りから覚めた無事な姿を捉えていた。

一先ず安心する明江に辰也が付け加えた。

「とにかく俺は医者に行かないから！……保険もないし……」

「なら、私の部屋で手当てさせて！……もし、駄目だったら明日、病院だよ。お金なら心配しないで！……」

「どうして、俺なんかに親切にしてくれるんだよ？……」

「理由が知りたいのなら過去を捜して！……当面は私の側にいるのが一番安全だと思うよ」

「でも……」

と、躊躇している辰也に明江は、焦れて冷たく返した。

「じゃあ、好きにすれば！……悪魔も喜ぶわよ！……」

「そや！　女のとこなんか行くな！……怖あて困る！……」

と、悟られない音でブラックは、密かに突っ込んだ。

「待って！　見捨てないでくれ！……一緒に行くよ。泊めて下さい、お願いします」

「良かった。どうぞ！……」

と、二人の間で折り合いがつくと、明江は携帯を取り出し警察に通報した。

聴取が終わり二人が明江のマンションに着く頃、帰ってこない辰也を心配して周平がイライラしていた。周平は昼が喫茶で夕方からショットバーにして、二四時まで働いていた。全体は穏やかなU字型で、十のカウンター席と四人掛けのテーブルも三つあり、店の中心からお客様全員が見渡せる設計になっていた。元々常連客だった周平は、経営者である初老過ぎの理恵ママに性別の悩みや辰也への恋心を相談していた。大学三年の冬、辰也もいなくなり落ち込んでいた周平は、両親から一旦戻るようメールを受け、渋々帰省した。父の前に座らされて、周平は小さくなっていた。

「ちゃんと、就職活動しているのか？……」

「いえ……」

「どうしてしない？……他にやりたい事でもあるのか？」

「ありません……」

「なら、家業を手伝い兄達と一緒に和菓子造りの修行をしろ！……」

「その前に僕を認めて下さい。男のままいるのが、もう辛いんです！」

「何を言ってる？」

「本当にお父さんやお母さんの望んだように体も娘であったらと、口惜しくてたまりません！……でも僕は女です！　お願いです。心のままに生きる事を許して下さい!!……」

「バカモン!!　いつまで妄想に取り憑かれているんだ!?……」

「違う！　現実です！　お父さんこそ目を逸らせないで下さい!!……」

「黙れ!!　出来損い！　二度と家の敷居を跨ぐな！　出て行け!!」

と、怒鳴られ周平は、断絶を噛み締めながら返した。

「分かりました。長い間お世話になりました」

と、立ち上がる周平は、未練を振り切り去っていった。

憔悴した周平は、途方に暮れ店の前でへたりこんだ。定休日で理恵ママに会えない周平は、ただ過ぎてゆく時を無視して殻に閉じこもった。ずっと続く闇に飲み込まれてゆく周平の肩を叩き制止する理恵ママは、穏やかな眼差しで注意した。

「もう、こんな所で陣取るから不審者だって、電話があったのよ」

「すみません……」

「さあ、中に入りなさい。コーヒー飲みながら聞くわよ」

「はい……」

と、促されるまま歩く周平をカウンターに座らせると、理恵ママは手早くコーヒーを淹れてだした。

「どうした?……」

と、理恵ママに問われた周平は、ポツリポツリと話し始め、残らずしゃべり尽くす内に感情が高ぶり弱音を吐いた。

「もう、駄目です……僕の居場所はどこにもない！……野良犬さ……世の中にそぐわない屑だ！……」

「なら、私の娘にしてあげるわ」

「えッ!?……」

「私が親だと不安? 不満?……」

「いえ、そうじゃありません。もし生まれ変わったらママの子供になりたいと思ってました」

「じゃあ、決まり!……お金がないのなら店の奥にある六畳の部屋を使いなさい。大学は後一年だし、ちゃんと卒業しなさい。途中で投げ出すなんて良くないし、学費なら持つわ。代わりにここを手伝ってくれたら、御洒落の基礎から教えてあげる。女性として働けるよう化粧品や服も二人で買いに行きましょ」

「でも、本当にいいんですか!?……」

「私は親類もなく独身だし、そろそろお店を一人でやるのがきつくて!……でも、常連さんもいるし大切にしていきたいから補強するの!……年と仲良くしてエンジョイする為にもあなたが必要なの!……」

「ありがとうございます……ありがとうございます……僕、一生懸命……頑張ります……」

「バカね。普通でいいのよ!……いつか御両親も分かって下さる日が来るわ。とにかく、毎日を笑顔で過ごしましょ」

「はい!……」

と、涙が止まらない周平は、冷たいコーヒーを一気に飲んだ。

次の日、引っ越した周平は、約束を守り男のまま大学に通った。帰ると理恵ママに接客や身のこなし、服に合うメークなど教わりながら、店内では娘としてカクテルや軽食の作り方、コーヒーの淹れ方も勉強していた。周平に課した二重生活は、卒業後、自分で冷静に進むべき道を選んでほしいと願う、理恵ママの猶予期間だった。だが、周平は少しの迷いもなく理恵ママのアシストとなってお店を盛り上げていった。おまけに、いい舌と器用な手先を誉められた周平は、季節料理や新しいカクテルにも挑戦した。理恵ママも向上心を持ち努力する周平を掛け替えの無い娘として愛した。二人の生活は順風満帆だったが、突然、理恵ママが倒れ病院に運ばれた。検査の結果、理恵ママの体は、癌が全身に広がり侵されていた。余命三カ月と宣告された周平は、六畳の部屋で親に勘当されたあの日より も寂しくて悲しくて恐くて大泣きした。涙が涸れ絶望に押し潰されそうでも、最後の瞬間まで奇跡を信じる周平は、笑顔でお見舞いに通いながら店も守り続けた。いつも病院には常連であり理恵ママの幼馴染の北川弘士が、時間内ずっと面会にきていた。仲良く昔話をくり返し若い頃に浸っている北川と理恵ママは、過去を乗り越え辿り着いた今の関係を大切にしていた。素敵な二人に憧れる周平は、忘れられない辰也と自分を重ねていた。優しくて純粋な周平が一生懸命に尽くしてくれると嬉しい反面、顔を曇らせる理恵ママは何度も北川に頼んでいた。

「周ちゃんは本当にいい子なの。ただ、ちょっと性別が間違って生まれただけなの！……幸せにならないとおかしいわ！……私は残りの人生を娘として守り、一緒に歩んでゆきたかったし、花嫁姿だって描いていたの！……あー、狂ってしまった……」

「分かっているよ。周ちゃんの事なら大丈夫！……最低な私でも理恵を再び裏切る選択はしたくない。立派に引き継ぐよ、代わりを！」

「約束よ！……」

「ああ、任せてくれ！……でもね、お願いだから落ち着いてくれ、体に障るよ。もっと力を抜いて、私とゆっくり過ごそう……御気楽でいれば、まだまだいける！……」

「三人で暮らす未来も？……」

「ああ、簡単さ。早速、自宅療養に切り替えよう！……」

「凄い、同棲みたい……」

と、喜ぶ理恵ママの為に準備を始めた北川と周平は、最短のスピードで翌日退院まで漕ぎ着けた。

微笑んで感謝する理恵ママは、北川の愛を実感し和む夜に急変すると、和気藹々な三人の生活を夢見ながら、静かに逝ってしまった。茫然とする北川と周平は、ベッドの上で動かなくなった理恵ママを眺めていた。徐々に溢れ出す涙が流れ込み周平の神経を蝕んでいく中、北川の協力もあって何とか葬儀まで終えた。ボロボロの周平は、理恵ママが遺言状を書き残してくれた居場所に引き籠もり、北川も外出しなくなった。時と共に理恵ママとの約束がよぎる北川は店を訪ねるが、閉まったまま応答すらなかった。周平はひたすら無気力な世界で浮かぶ思い出に縋り泣き続けた。日に日に、廃人へと進行する周平を救ったのは、やくざに追われ鍵の掛かっていない勝手口から飛び込んできた泥棒だった。人の気配がしない部屋に入った泥棒は、金目の物を探し始めた。必死で物色する内に背中がムズムズして振り返った泥棒は、無表情で眺める周平と目が合った。驚き後退りする泥棒を凝視する周平が、数日ぶりに声を出した。

「辰也!?……」

「えッ!?……誰だよ！……」

「私、周平です」

と、答える周平を改めて見る辰也は、記憶を辿った。

暫く沈黙が続き辰也が叫んだ。

「あッ！……俺に好きだって告白した男！」

「今は女よ」

と、ボサボサの髪と伸びた髭で返す周平に辰也が笑った。

「どこがだよ。鏡見ろ！……まあ、落ち武者なら似てるぜ！……」

「ひどい……ひどいわ！……」

「お前に御世辞言っても仕方ないだろ。おまけに、ぼろい建物とマッチして、お化け屋敷みたいだぜ」

「違うわ！……素敵な城よ。みんなが心を癒せる空間なの！……」

「微塵も感じられないね。過去より現実を悟り、売っぱらってやり直した方が賢明だぜ。

俺がいい不動産屋、紹介してやるから、代わりに少し金回してくれよ！」

「駄目よ‼」

「えッ⁉」

「絶対にさせない‼……ここはママが私の為に残してくれた大切な居場所！……掛け替えの無いお店よ！……」

「へェーそうなんだ！……でも開けないなら客も離れて潰れるぜ！……同じ事さ！……」

「やるわよ！」

と、立ち上がろうとしてめまいに襲われよろめく周平を辰也が、抱き止めた。

「ごめん……」

「無理するな！　何も食ってないいんだろ。俺も腹ぺこなんだ。出前でもとろうぜ！……」

「うん……」

と、頷く周平は、辰也の温もりに心が溶ける音を聞いた。

二人の生活がアクセルとなってどんどん復活する周平は、辰也に甲斐甲斐しく尽くし、色々な料理も作って胃袋を掴まえていた。快適な毎日にのらくらするが、このまま周平の愛を受け入れたくない辰也は、自立する為タコ焼きの屋台を始めた。予想外の行動にまごつき寂しくなっても、同居する上で束縛や恋愛は禁止になっていた。一度一線を越えようとした周平を拒絶し逃げ出した辰也が、戻る条件に約束させたものだった。どんなに切ない片想いでも別れられない周平は、気紛れな辰也を待ち堪えたが、到頭、帰ってこない日に直面し身が焼けそうな程、辛かった。一方解放された辰也は、久しぶりに女性と二人きりで緊張しモヤモヤしていた。辰也のいる部屋は六畳で奥に四畳半の寝室がある縦長のマンションだった。手当てを受け室内に座る辰也は、冷蔵庫や本棚、テレビ、テーブルなどが使い良い所に配置されている綺麗な空間から、小さなキッチンでコーヒーを淹れる明江に移す視線が欲情していた。運んでくる明江がカップを置く手に触り引き寄せキスしようとした瞬間、辰也は後ろへひっくりかえった。

「アホ！　淳が下界の天使にちょっかいだすな！……もし、ほんまもんの恋を知って改心されたら魂狩れんようになるやろ！……ふざけるな！……」

と、固まる辰也に明江は、慌てて腕を回し支えた。

「えッ!?……空耳？……」

「大丈夫？……」

と、密着する体に再びムラムラする辰也は、明江を抱き締めようとした途端、ブラックが怪我している部分を力一杯蹴った。バランスを崩した辰也は、角で頭も打ちダブルの痛さで悲鳴を上げた。

「あかん言うてるやろ!!……懲りずにまだやるんやったら二度と立てなくしたろか！……」

「分かった……やめてくれ……」

「そこにいるの？……」

と、明江が感性を研ぎ澄ますと、ブラックは即行逃げ空へ舞い上がった。

「俺、監視されてる……」

と、体を起こす辰也に気付いた明江が、側へ来た。

「安心して、もういないわ！……見せて、平気？……」

「ああ、これ位へっちゃらだよ」

と、明江から距離を取る辰也は、自制しようと思った。

「そうだ。村田君の所に連絡しないと心配してるわ」

「いいよ。ほっとけ」

「駄目よ。不義理は不和のもと！……優しい友達を大切に育てふやす事が、自分らしくいられる原動力だから！……」

「流石、先生。面倒臭い考え！……他人なんて頼るものじゃない。触れ合い別れるのがちょうど最適。独りで戦い頑張る未来があるだけ！……絆を捨てれば自由のある最高な生き方さ！……だから、信頼や正義、道徳なんか語る奴が大嫌いだよ」

「なら、好きになるまで浄化して、あなたの心を取り戻すわ！……必ず、守り救うから悲しい理由でごまかさないで！……」

と、純粋な目で拘わってくる明江に揺らぐ辰也は、ぶっきらぼうな態度で店のライターを渡した。

「ありがとう」

と、返す明江の気持ちに拒絶反応を起こす辰也の魂は、邪念がはびこっていた。

　電話をもらった周平は、少しホッとする反面、益々、辰也の浮気を疑っていた。直ぐに飛んで行きたくても、常連の野崎崇が大能雅美と会話を弾ませており、周平は動けずにいた。女性と一緒が珍しい北川の甥にあたる崇の恋を応援しつつ監視も頼まれていたけど、連絡が入った後、周平は上の空になり内容を聞き流していた。

「同窓会の御蔭で又、話せるようになって嬉しいよ」

　と、崇が笑顔で視線を合わせた。

「私も楽しいわ。退屈な毎日だから！……」

「今でも綺麗な大能をほっとく旦那なんて、罰当たりだよ」

「野崎君も口先のお世辞は、衰えてないわね」

「ひどいなあ……本心だよ」

「ありがとう。野崎君、家に戻ったんじゃないの？」

「ああ。でも、色々あって軽く親父から勘当されそうな危機で、今回もおじさんの屋敷に避難中さ」

「いいわね。迷惑かけれる両親が居て！……」

「大能の所は、亡くなったのか？」

「ええ、二人共……守ってくれるのは、お金と夫だけよ」

「旦那の方もいないの？」

「疎遠だけど多分、僧侶のお父様なら健在よ。うざい位、全然価値観が違うし、古臭い街や寺、人との繋がりをクドクド説教されて……最悪！……反撥して貧乏集団の屁理屈よ！……て返したきり、音信不通になったわ」

「おじさんは、マネーの為にラブを捨てたって後悔してたな」

「そうなの。でも私は両方持ってるわ。力となり自身の意見や誇りを支えてくれるもの」

「大能は完璧だね」

「だから刺激が欲しいの。倦怠期ぎみの夫と再び燃え上がれるように……」

「僕で良かったら、協力するよ」

と、見詰め合う二人が、再会を喜ぶ明江と辰也の姿に変わり妄想する周平はやきもきし、ジリジリしながら過ぎゆく時を待った。

周平の胸を掻き毟るような想いもブラックの邪魔で懲りた辰也は、スーッと自分の殻に閉じ籠もっていた。隔たりを作る辰也に多少ためらうが、明江は入り込んだ。

「どうして突然、大学を止めて旅に出たの？」

「あ、あれネ……ばあちゃんが亡くなって自由と寂しさを突きつけられた。持て余している隙間へ忘れかけていたおやじの兄弟が現れ、軽く涙を流すと事務的且つ凄いスピードで財産分与に取り掛かっていった。暫くして売った家と預金も含めて三等分した金の代わりに帰る場所すらなくなった。糸の切れた凧なら、どこかへ飛んで行きたい！……と思ったんだ。何かを探しに！……」

「あの、石丸君って両親いないの？……」

「ああ、小さい頃に飛行機事故で！……少しの留守番が、永遠になるとは吃驚仰天だよ」

「そうなんだ……辛かったね……」

「他人は大体そう言うよ。でも、ばあちゃんがいたから堪えられたし、笑顔で生きてこれたのに……社会人になったら旅行や食事、ショッピングだってエスコートするはずが……計画倒れの悔いだらけ！……」

「無力だね、私……」

「あんたが暗い顔するな。同情なんて腹の足しにならねェし、無駄はいらねェよ」

「変わったね。昔の石丸君は思い遣りを大切にし、笑いや愛嬌も振り撒くみんなが庇いたくなる有名人だった！……」

「うざい。反吐が出るんだ、御節介！……」

「違う！　今のあなたはおばあ様が愛した石丸君じゃないわ！……ねェ、どこで忘れてきたの!?」

　と、明江の言葉に動揺する辰也は、横を向いた。

「知らねぇよ！……」

「思い出して！　素直な自分を！……」

「必要ない!!」

「あるわ！　今こそ、倍返しよ！」

「はあ!?」

「借りは完済すべきよ！……話して、放浪生活の日々や仕出かした事を！……」

「ほっとけ！……土足で踏み込むな！……」

「遠慮なんてしないわ！　あなたを助ける為なら！……」

と、更に純粋な瞳で迫る明江が眩しく苦しい辰也は、根負けした。

「なら、聞かせてやるよ！……最初は色々な物が見れて楽しかったよ。自由を満喫してた。余裕もあったし……でも、金が減って働き始めたら、戻って行く日常で対面したポッカリ開いた心の穴は、夜になると思い出が溢れ出し目頭を熱くした。伸し掛かるようなストレスや悲しみでイライラが止まらず、腹立つ世間に噛み付き暴れていたよ」

「どんな風に？……」

「道を譲らない奴、ゴミのポイ捨てが平気な若者、電車で人に靴の裏を向けて座る男や化粧する女、携帯の通話をする老若、泣きわめく子供に注意しない親……たちが益々、増大させるから、ぶつかり、引っ掛け、怒鳴ってスカッとした……が、一瞬で消え虚しくなり、酒で晴らそうとしても、眼をつけられ喧嘩になって荒み……四面楚歌のまま繰り返すしかなかった。エンドレスに……」

「もし側にいたなら、優しさで包み癒してあげたかった」

「豚に真珠だよ！……そのうち同僚に誘われて競馬場へ行ったんだ。広い空間と沢山の人、凄いスピードで走る馬に見とれ、大きな歓声と共に叫ぶ気持ち良さが俺を魅了した。おまけに勝ち嵌まった。抜き差しならぬ地獄まで……」

「借金?……」

「そう！　超てんこもり」

「返済は?……」

「してたよ。前借りとキャッシングを繰り返し、少々人の財布から拝借もして出来る所までやって、最後は姿を消す！……」

「信じられない！……窃盗に踏み倒し……」

「けど、結構発覚しないぜ。全部だと気付くが、一部だと勘違いで納得するアホを狙えば！……飢えを凌ぐのに助けて貰ったよ」

「情けない……バレないからいいんじゃない！……してはいけないの！……これ位なら大丈夫と考え許す事で、どんどん悪に寛大さが生まれ縛られていくの！……」

「当たり！……人生の坂道を転がった先でやくざに捕まり殴られ威されて、返せないのなら手伝うしかなかった。食うや食われるかの中で、巧妙に逃げようとする奴等を逆から出し抜き払わす冷静さや、なけなしの金を毟り取る非道さが備わっていくと回収率上位の悪党さ」

「末期だよ！……重ねた罪が腐敗させていく良心は、悲鳴をあげていたはず！……響かなかった!?……」

「ああ、気付かされたよ！……夫が失踪して連帯保証人になっていた妻が被る羽目になって、厳しく取り立てていたらノイローゼになっちゃって……狂犬みたいにナイフで追い回され、近所から通報された挙句、自分を刺して倒れたんだ！……野次馬の叫び声と流れる血の臭いが生んだ恐怖は、警察の見下した警告や外で待っていた高校生の娘から〝母を返せ！　人殺し！〟と叩かれ……増していく脅えに堪えれず逃亡したんだ……」

「戻れたんだ。骨の髄まで染まる前に！……なら、遣り直そう！……完済を目指しつつ、悪事の数々を善行で償い許されるように生涯背負って頑張るの！」

「無理！」

「今がチャンスなの！　もし諦めたら二度と魂は復活しないよ！……悪魔の餌食になっても構わないの!?……」

「でも……」

「私ね、二人の再会は、石丸君を更生させたいおばあ様が仕組んだ必然だと感じるの！

……きっと心配してる。悲しんでいるよ！……」

「あんた、本当に応援してくれるのか？……滓の俺に身方してくれるのか!?……」

「勿論、約束する。私は石丸君の天使になるよ！……」

「もっと身近な人がいいよ……俺が改心し普通に成れたら……」

「うん、待ってる」

と、答える明江の愛がやっと辰也の心に届き通い合った途端、チャイムが連打で鳴った。

驚きドアを開ける明江を押し退け、周平がズカズカと入ってきた。

「もう！　こんな所で何してるのよ!?」

「お互いの気持ちを確かめ、将来について話していた所！……」

「嘘よ！　あなたなんかに辰也は渡さない!!」

「わめくな！　俺はお前の恋人じゃないぜ！」

「ひどい！　ずっとずっと大好きで……私が凄く落ち込んでいた時に現れて慰め救ってくれた。とても嬉しかった。一緒に暮らせて毎日が楽しくて幸せだったのに！……厭よ、厭！　別れるなんて！……もう、辰也なしで生きていけないわ!!……」

と、泣く周平に自分の想いも重ねながら明江が言った。

「ちょっと違うの！……落ち着いて！……」

「同情する事ないさ！……俺は微塵も男なんか受け付けないぜ！……」

「もう、やめて！……可哀相よ！……」

「甘いな！……誰にでも優しくなんて不可能だぜ」

「でも、一方的に傷付けていいなんておかしいわ！……村田君、協力してくれる？　石丸君を助けたいの！……取り敢えず、困っている問題からクリアにし一つ一つ解決したいの」

「どういう意味!?……」

と、冷静さが戻る周平に明江は、凡ての事情を説明し付け加えた。

「石丸君が立派に更生した後、答えを聞こうよ！……」

「ちょっと、ストップ！……それは、私を女性と認めライバル宣言しているの？」

「ええ。心は尊厳されるべきよ」

「ありがとう……なら〝村田君〟はやめて、〝周ちゃん〟にして！……辰也は呼んでくれないけど！……」

「当然だ！　気持ち悪いし、お前が男友達の周平から変わる事は、絶対にない！……」

「〝平〟取るだけよ」

「強要も、縁切りだ！」

「分かったわよ。ねェ、やっぱり私が勧めた通り、店で働くのが一番！　そうしましょ！」

「断る！　お前に使われ、縛られるなんて真っ平ごめんだ！……」

「とことん、つれない！……」

「私は、周ちゃんに頼り胡床をかく危険性だってあるし、屋台の方が石丸君に向いているんじゃないかしら……」

「不味いものなんか売れないわよ」

「だから、私達で美味しいタコ焼きにするの！」

「仕方ないわね。あなた作れるの？」

「ううん、料理は不得意だけど努力するわ！」

「じゃあ、あなた必要？……でも、三人がベストなら入れてあげるわ」

「逆だろ！……無理に参加するな！……」

「まあ、いいじゃない。どうかお願いします」

と、微笑む明江は、むくれる周平と不機嫌な辰也に困っていた。

課外授業

明江、辰也、周平はスマホで検索しつつ美味しいと評判のタコ焼きを求め食べ歩いた。旨いと普通しか言わない辰也に対し、周平は的を射た指摘や吸収する姿勢が真剣で、明江も負けじと繊細な意見をぶつけた。各店で感想のメモを取りながら一つの事に集中する三人は、楽しさや居心地の良さを感じていた。和やかなムードのまま電車で移動中、ふと気が逸れ車窓からサッカーに夢中な小学生達を眺める明江は、過る武の視線やバラバラなクラス、校長先生の期待が顔を曇らせた。

「どうした？」

と、明江の変化に辰也が逸早く突っ込んだ。

「えッ!?……その……」

「おやおや！……人のプライバシーだとズカズカ踏み込んで喋らすくせに、自分はだんまりかよ！……」

「違う。ちょっと学校の事で……」

「話せよ。悩んでるんだろ！……」

「うん、実は……」

と、辰也に説明する明江は、ふがいない教師ぶりを白状するようで恥ずかしかった。

辰也は明江の弱さを知り、安心と親しみが湧いてきた。

「ふーん、何でもいいのか？」

「生徒達の興味を引けるものなら……」

「じゃあ、コマや凧あげ、竹とんぼとかで試してみろよ。材料があれば手製可能だし、うけたら、作り方教えるのも悪くないぜ」

「いいわね！……でも、運動場狭いから場所がいるわ」

「あるわ！……有料でスポーツとかも出来る広いグラウンド！……常連さんのオーナーに私が、無料で借りてあげる！……」

と、口を挟む周平は、仲間に入るきっかけを狙っていた。

「へェー凄いじゃないか、周平！……序でに最後まで手伝えよ」

「ええ。辰也の為なら協力するわ」

と、渋々答える周平の唇は満足げだった。

「本当にありがとう！……でも、お店やタコ焼きの改良もお願いしているのに、これ以上負担を掛けるなんて申し訳ないよ……」

と、遠慮する明江の代わりに辰也が続けた。

「そうだな！……周平は場の手配だけでいいよ」

と、外され周平が反論した。

「ちょっと待って！……職を持っているのはお互い様だし、辰也中心の生活で私よりよっぽど肌が荒れ、やつれてるわよ。疲れたハートじゃ生徒達に慕われる訳ないし、人の心配なんて変！……」

「中傷はやめろ！……」

「ひどい！　私は事実を言ってるの！……」

「身に染みて分かってる。おせっかいで駄目な自分を！……ずっと悩み乗り越えたいって跪いていたから、ぜひチャンスを活かしたい！……私事で厚かましいけど、更に別ち合い頼っていいのなら、助けてくれる？……」

　と、改まる明江から漂う辛く苦しい日々が心の痛みと連鎖する周平は、励ましや思い遣りが含む憎まれ口を自然に発していた。

「ああ、面倒臭い。最初から承諾してるでしょ！……気を使って掻き回しているのは、あ・な・た！……もっと打ち解けなさい！……」

「偉そうに突っ掛かるなら参加するな！……クビ！……」

「もう、冷たい！……どうして私が責められるのよ！……」

「ごめんなさい。私が悪かったの……三人で頑張りましょ！……」

「分かればいいの！……」

　と、返す周平を辰也が睨んだ。

　周平は口を噤み目も逸らした。

「厭になったら、削除しろよ！……所で材料用意出来るか？……」

「うん、考えてみる。企画書を提出して、校長先生と相談の上で、許可も取らないと」

「進んだら、知らせるよ」

「ありがとう」

と、答える明江と辰也の甘いムードに周平は、むくれていた。

見付からないよう手錠の鎖を長く伸ばし存在するブラックも、二人の接近振りに渋い顔をしていた。

明江はマンションに戻ると、寝室でアイディアを纏め始めた。加えて一輪車やバランスボール、動物の飼育など試してみたい事を効果も書き添え没頭する明江は、現実的な目標が定まるのを実感した。突然、ノックと共に開くドアから、マグカップを持った辰也が入ってきた。

「ファイト」

と、置いて去る辰也の言葉とコーヒーの味に明江は、一人じゃない強さを噛み締めていた。

逸る気分で校長室に行く明江は、田中に企画書を提出した。静かに目で読む田中を明江は、緊張の中で見詰めていた。

「うん、いいわね」

と、田中が答えた時、明江は嬉しくなった。

「本当ですか？」

「やりましょ！……旨くいけば、学校の為にもなるわ」

「ありがとうございます」

「但し、責任を取れる範囲で生徒達の安全を十分に考え、行動して下さい」

「勿論です」

「お手伝いの方にもきっちり理解してもらって、楽しい課外授業にしてほしいです。子供達が手製に興味を示し作る際は、私も拝見したいと思います。応援してますよ！……」

「御期待に応えられるよう全力で取り組みます」

「お願いします」

「はい。失礼します」

と、意気揚々と出て行く明江を見送りながら田中は、ほくそ笑んだ。

〝まず、成功したら学校のホームページにあげて、私の手柄ね。凧や竹とんぼを完成させた風景やプロセスも載せれば、我校のいいアピールになるわ！……まあ、随分のろい理想への第一歩だったけど、空籤じゃなくてホッとした……〟

更に張らむ田中の想像は、これが評判となり増大する入学希望者で赤字も消え、奇麗な校舎へ変化するまでに及んだ。早計な将来への展望だが、叶えるには好転の兆を旨く利用し近付くしかなかった。

田中の改善と自分の挑戦が重なりどんどんプラスへ進んで行く気がする明江は、生徒達にも自信をもって発表した。ざわめく教室で武が聞いた。

「大丈夫？……」

「ええ。風に乗って走る楽しさや沢山で遊ぶ魅力、一体感を知ってもらえるわ」

「ふーん」

と、疑う武と白けムードのクラスに明江は、ますます闘志が湧いてきた。

早速明江は、材料を購入しに辰也と出掛けた。色んな空気を一杯吸った風船のように切迫する明江の表情が目に付く辰也は立ち止まった。

「えッ!?……」

と、驚く明江に辰也が注意した。

「もっと肩の力を抜け！……あんたが童心に返る気持ちで取り組まないと子供には響かないぜ！……大人の思惑を入れて行動するな！　菊池らしくやれ！……」

「ゴメン……私、変だった？……」

「分かんねェけど、張り切り過ぎ！……破裂したらどうするんだよ」

「ありがとう。一人だといつもみたいに生徒達を無視して、暴走してた……」

「違う。抱え込まず気楽にしてろ！……足らない部分は、俺達が補ってやるから、ちょっと位信頼して運んでいけよ」

「うん、そうだね……」

と、染みる優しさに涙する明江を辰也が抱き締めようとした途端、ブラックに両腕を動かなくされた。

　歯痒くて堪らない距離を辰也は払拭し、遣り直したいと願いつつ見守るしかなかった。

ときめく思いに包まれながら明江と辰也は、買い物を終え帰宅した。二人きりになると今までより意識してしまう明江と辰也は、一生懸命拵える事で紛らわしていた。夜になって荷物を持ち急いで戻ってきた周平は、明江と辰也の凄い集中力に躊躇するが、声を掛けた。

「ただいま……」

「あれ、早いんだ！……お疲れ様！……」

「うん……何かあった？……」

「ないよ。残念だけど！……」

「厭な空気……流れ変えないと！……準備手伝って！……」

「えッ？……はい。完成したの？」

「まあね。試食パーティーやろうと思って、早仕舞してきたの！……」

　と、周平はタコ焼きを作り始めた。

　部屋に匂いが充満し、辰也と明江の甘く切ないムードを掻き消していった。周平は中身が同じでだしと固さの異なるタコ焼きを三種類焼き、それぞれの皿に置いた。空腹に任せパクつく辰也の隣で、明江は味わい試食した。

「旨いけど、変わんねェー」

　と、辰也の無神経な感想を否定するように明江が言った。

「だしが鰹と昆布の合わせた物で、固さは爪楊枝を刺して持ち上げても崩れないのがベストだから、二番目かな」

「やっぱり！……私も同じ意見よ。嬉しいわ」

と、明江の手を取って喜んでいる周平を、辰也が引き離し怒った。

「握るな!!……どうしてお前はいいんだよ!?」

「えッ!?……もう、妬かないでよ。辰也があんまり甲斐のない反応するからつい！……」

「うるさい！　帰れ!!」

「どうして!?……冷たい……」

「それは、こっちが聞きたいよ！……何故、居候している俺の所にお前まで便乗するんだ？　宿無しじゃあるまいし、通っている方が可笑しいだろ！……菊池が優しいからって図に乗るな!!」

「ひどい！……全力で辰也の為に頑張ってるし、菊池への協力だって惜しんでないわ！……仲間外れにしなくても！……」

と、泣き出す周平を辰也が追い詰めた。

「ごまかすな！　消え失せろ!!」

「やめて！……可哀相よ！……」

と、明江が割って入った。

「うやむやにしてないで、はっきり線を引くべきだ！……」

「逆に迷惑かけているのは私達だよ。タコ焼きの改良や課外授業のグラウンドも、周ちゃんのアシスタンスがあるから無事に進むのよ」

「論点がずれてるだろ！……」

「だから私は、周ちゃんの自由にしてほしい。せめて感謝の印に！……」

「ふん！　好きにしろ！……でも今度、菊池に触れたら周平とは縁を切る！……」

「分かったから、機嫌直して！……」

と、しゃくり上げ答える周平は、仏頂面の辰也に約束した。

明江は辰也を見詰め〝嫉妬してくれるなら、抱き締めてほしいな〟と口に出せない想いが、不満な顔にしていた。だが、爆発した感情によって辰也の心ではびこっていた黒い壁へヒビが入り、微かな光も差し込んできた。開いた風穴から失った肉親の愛と本気で明江に恋する自分が吹き出され溶け合う時、辰也は更生の荒波と戦う決意をした。まず辰也は、小麦粉とだしの割合や固さを習う目的で、周平と店へ通った。次に大きさや形も補えられるよう練習し、一服する合間は周平が接客する姿を参考にして辰也流のやり方も捻り出そうとしていた。飽きると明江を感じながら竹とんぼ作りに没頭した。毎日、真剣に繰り返す辰也を見守る周平は、いつか突き付けられる二人の幸せな結末や独りぼっちになる日々を想像し落ち込んだ。迫る離別と背中合わせでも三人の生活に終止符がつくまでは、必要性を探ししがみつきたい程、今の周平にとって日溜まりのような場所だった。極力維持したい周平と違い、現状を変える為に逸るペースで突進していく辰也は、やる気や準備が整うと屋台の再スタートを切った。案じていた明江は、エネルギー全開で努力する辰也から迸る学生時代の雰囲気をキャッチし仄々としていた。快晴の下でタコ焼きの音と匂いが作る空間を休みの明江は、呼び込みしながら綺麗にしていた。しっかり定休日にして見届ける周平は、不慣れな手付きで黙々と焼く辰也の足らない部分を補いつつ盛り上げた。公園を後ろに木陰で陣取る屋台は、聞こえてくる子供達の声も効果音にして、最初の客を迎えた。

「オッ、やってるね」

と、和装の北川が周平に言った。

「嬉しーい！　寄ってくれたの！……」

「周ちゃんに頼まれたら、断れないよ」

「紹介するね。北川の御隠居、理恵ママとは幼馴染でグラウンドを貸してくれるオーナーさんよ」

と、耳にする明江が慌てて挨拶した。

「あの、菊池明江です。この度は本当にありがとうございました」

「そう、あなたが！……いい目をしている」

「凄い御隠居に褒められるなんて！……で、彼が私の大切な人！……」

「友達の石丸辰也です。いらっしゃい」

「変わった三角関係だね……所で、あれから崇と女性は来たかい？」

「ううん、見掛けないけど大丈夫よ。とても甘いムードで会話してたし……」

「振られて済むならましな方だ。騙されて金を巻き上げられている状態で塞ぎ止めないと命もみつぎ兼ねない……」

「分かってる。何か小耳に挟んだら知らせるし！……案外、素敵な恋が進行中かも！……御隠居の甥だもん、きっとモテ期は来る！」

「私も最愛の人とは別れてしまった。女難の血筋かもしれん！……」

「もう暗い！……リフレッシュして美味しいもので！……」

と、周平がタコ焼きを小さな舟に三コ入れ渡した。

「素焼で味見させるとは、強気だね」

「ええ、自信作よ」

と、周平に返された北川は食べた。

緊張する周平、辰也、明江は、北川の言葉を待った。

「うん、いける！」

「やったー!!」

と、同時に三人が喜ぶ姿を眺める北川は、とても爽やかな気分になった。

平行して北川は、二人にある欠点や遣る瀬無さを明江が持つ純度の高い徳で浄化していると直観した。

「菊池さん。もし、崇と擦れ違う事があれば、助け導いてやって下さい」

「えッ!?」

と、驚く明江は北川を凝視した。

「あなたの瞳があれば、崇の外れた軌道を戻せるよ。魔法みたいに!……」

「いえ、私にはありません。買い被りです」

「いや、周ちゃんや彼の心に必要な栄養素を送り続けている。崇に欠けている物を与えてやってほしい!……」

「でも、私は……」

と、困っている明江に代わって辰也が、反論した。

「他人に責任転換するなよ!……菊池はちょっとだけ御節介で強引な優しい奴!……自分が大変でも、周平の自由を尊重し大切にするボランティアなんか、もう十分だよ」

「ひどい。私は仲間よ!……菊池マジックに嵌まっている一人だけど!……」

「お前まで、乗るな!……」

「あら、辰也が一番知ってるでしょ」

「バカ!……」

「悪い。縁が存在するならの話で、無理矢理じゃないんだ」

「必然なら努力します。御期待に添えなくても!……」

「有難い、頼むよ。じゃあ、焼けてるの全部貰うから包んで!……草野球している崇に差し入れがてら宣伝してくるよ!……」

「ありがとうございます！……」

と、三人で分担して持ち帰り用の舟にタコ焼きを詰め、ソース、かつお、青のりも振ってフタすると、手提げのビニールに入れた。

「お待たせしました。又、お願いします」

と、声を掛ける明江が、北川に渡した。

「絶対よ！」

と、周平が駄目押しした。

「ああ、贔屓にするよ」

と、答えゆっくりした足取りで去っていく北川を、三人は見送っていた。

「気さくな紳士だね」

と、親近感を持つ明江に、不満な辰也は茶化した。

「周平が恋人になって色々な面で助けてやれよ。世話のしがいもあるぜ」

「残念でした。確かに尊敬してるし掛け替えの無い人だけど、御隠居は理恵ママを想い暮らしているの。真実の愛にくるまって！……私も辰也一筋、ぶれたりしない！……」

「寒いよ！　諦めてくれ！……どこまで進んでも親友が限界、期待するだけ無駄！……なら、視点を変えて御隠居に尽くした方が現実的だぜ。俺はお前の為に……」

と、恩着せがましい辰也の考えをぶち切る形で周平が反抗した。

「うるさい！　黙れ！……」

明江は吃驚して止まった。

「私の心は自由よ、命令しないで！……バカ、無神経、憎い人！……もォー！　トイレに行ってくる！……」

と、周平は公園の方へ走り出した。

「何だよ！……」

と、むくれる辰也に明江が返した。

「おかしいのは石丸君だし、周ちゃんに甘え過ぎ！……苛めるなんて最低だよ」

「別に俺は……」

と、口籠もる辰也を残し、明江は周平の後を追った。

御手洗の裏側で泣いている周平を見付けた明江は、そっと側に立った。掛ける言葉に迷う明江がじれったくて、周平は口を開いた。

「どうかした？……」

「ううん、元気？……へばらないでね。カラカラの恋敵じゃ物足りないもの」

「失礼ね！……情熱一杯よ！……」

「良かった！……腹立つね。意地悪で単細胞な奴が大好きな気持ち、私が一番分かるよ」

と、慰める明江の優しさが、周平に染みてきた。

「同情なんかいらない。私は平気！……だけど、少し猶予を頂戴、雫が消えるまで……」

「うん！」

と、答える明江の耳がドアを叩く音を捉えると、突然、胸騒ぎがした。

「ごめんね。ちょっと見てくる」

と、不自然な空気に導かれていく明江が用を足す間、周平は繕わず慟哭した。

一人でパラパラと来る客を捌く辰也は、帰ってこない周平と明江が気になり不安だった。横の縁台に座って食べる客達が「美味しい」「中々いける」「好きな味だ」「旨いよ」「まあまあかな」と口々に上がる感想や笑顔を三人で受け止め、満足したいと更に思う辰也は、寂しくなった。そんな心境が、タコ焼きの評価に反映された周平の努力や工夫、凄さを辰也に実感させた。じわじわ過ぎる時間は、帰宅しなかった両親の記憶まで蘇らせ、辰也の孤独感を刺激する頃、周平もふと行ったままの明江が心配になった。〝もし、明江の身が危険に晒されていたら！……〟と考えた途端、狂ったような形相で怒る辰也が浮かぶ周平は、すっと平常心を取り戻し慌てて捜しにいった。直ぐに会えホッとした周平の眼前で、明江は男子トイレへ向け進んでいた。

「ちょっと、待った‼」

と、制止する周平の声にビクッとする明江は、振り返った。

「何してるの？……堂々と覗き？……」

「違うわ！……雑音がするから確かめに……」

「もう、へんたいがいたら、どうするのよ⁉……」

「でも……」

「分かったわ。私が見てくる」

「大丈夫？」

「これでも元、男。今でも使ってるから平気」

「ごめんね……」

「任せて！」

と、答える周平は入っていった。

〝本当、危ない事しないで頼むよ〟と無鉄砲な明江に疲れつつ、三つあるトイレの一番奥まで歩く周平は、ガムテープで目張りし封鎖したドアの前に立ち止まった。おまけに幼い字で『使用きんし』の紙も貼っていた。

「オイ、誰かいるのか？」

と、低いトーンで周平が尋ねた。

「助けて！……」

と、必死にドアを叩いた。

周平は子供の叫びに反応しす速くガムテープを取り除き開けると、武が体に突進してきた。周平はしがみつき泣く武を労り慰めて、外へ連れ出した。武に気付く明江は、驚き駆け寄った。

「どうしたの？　大能君」

「別に……」

と、しゃくり上げ返す武は、そっぽを向き強がった。

周平から事情を聞いた明江は、武を抱き締めた。

「そう、怖かったね」

と、癒し保護する明江が、突っ張る武の心に優しさと安堵を与えていた。

明江と周平、傷付いた武がプラスされ変な雰囲気で戻って来た三人を、迎える辰也は怪訝な表情になった。明江が縁台に座らせた武の手当てをしている間、周平は辰也にかい摘まんで説明していた。

「訳を話して？……」

と、問うが黙っている武に、困った明江は話題を逸らした。

「そうだ。タコ焼き試食する？　きっと吃驚するから！……」

と、明江は三コ入れた小さな舟を、武に渡した。

少し固まっていた武が、匂いにそそられ食べた。

「ねェ、いけるでしょ？」

「うん……これならお金払ってもいいよ」

「やっぱ、生意気な餓鬼だ！……」

と、不機嫌になる辰也を周平が宥めていた。

「本当、ありがとう」

と、辰也の言葉を打ち消すタイミングで被せるにこやかな明江に、イラッとする武は感情が噴き出した。

「先生がいけないんだ！……うまくいかない課外授業をやろうとするから、僕が苛められるんだ！……」

「えッ!?……」

「又、副担任の胡麻擂が受け持ったら、僕を凄く依怙贔屓するんだ！……望んでもないのに、妬まれて意地悪されるんだ！……どうして、ちゃんと続けてくれないの？……先生は無駄な取り組みもするけど、平等にしてくれた。クラスのみんなだって納得してたのに、ひどいよ！……」

「ちょっと落ち着いて！……誰が言ったの？」

「ママと閉じ込めたクラスの奴等！……」

「先生は、そんな約束してないわ」

と、動揺する明江に武が付け加えた。

「けど、失敗したら責任取らすって！……」

「なら、成功すれば文句ないんだろ！」

と、辰也が切れ気味に口を挟んだ。

「知らないよ……」

と、ひるむ武に辰也が尚も責めた。

「何惚けてるんだ！　お前の親が流した噂だろ！　菊池に八つ当たりするのは、御門違いだ！」

「だけど僕……先生に辞めてほしくないから……」

と、涙が溜まる武を明江は慰めた。

「分かったから、大能君の気持ちしっかりキャッチしたよ！……先生も逆風に惑わされず頑張るね。応援してくれる？」

「うん！……帰る」

「送ってくね」

「いいよ。一緒に来たら傷まで先生のせいにされる」

「でも……」

「なら、私が家の前までボディーガードしてあげる」

と、周平が割って入り武の手を取った。

握り緊める素直な武を見て、明江は周平に頼んだ。

「ごめんね。ふがいなくて！……よろしくお願いします」

「再び、任せて！……」

と、周平は武を連れて歩き出した。

目で武を追っている明江に、近付く辰也が励ました。

「気にするな。デマかもしれないし！……」

「多分、本当だよ。大能君のお母さん、ＰＴＡ会長で、私の事大嫌いだし旗色悪そう……」

「どうしてだよ？」

「大能君を特別扱いしないから……」

「本人、厭がってるじゃないか!?」

「私も大能君があんな風に思ってくれてて嬉しかった。ずっと空回りして、信頼も得られない自分が情け無くて堪らなかった……」

「なら貫く為にも大好評を獲得して、認めさせようぜ！……」

「うん！……」

と、答える明江は、一人じゃない心強さに救われていた。

マンションに戻りぼんやりしていると、響く武の訴えは明江の脳を刺激し、過去の記憶が溢れ出した。田中校長の激励や冷静な態度、岸田先生の忠告が交じった厭味は、明江の中で整理され一つに繋がった瞬間、自分がピエロだったと気付いた。ショックと共に今まで信じていた礎を砕かれた明江は、ずっしり伸し掛かる悪意と打算を持て余していた。遣り切れなくて投げたい気持ちになる明江を辰也と周平の存在が塞ぎ止めていた。浮かぶ辰也と周平の笑顔に涙が流れる明江は、吐いた息から無気力も排出していた。

翌朝、踏ん張って出勤し廊下で佇む明江は、全体が色褪せ白けた空間を眺めていた。

〝私はここで何をしていたのだろう!?〟

と、問う明江の迷いを、近付いてきた武が解いた。

「先生、大丈夫？……きのぬけたサイダーみたい！……」

「えッ!?……」

と、驚く明江は、意気地が無い自分を誤魔化すように続けた。

「おはよう、大能君」

「僕、先生好きだよ。他の大人と違うもん！……でも内緒、昨日の事も……」

と、慰めてくれる武の変化に心が温かくなる明江は、まだへばれないと思った。

「ありがとう。漏らさないし、二度と起こらないよう食い止めるから！……」

「約束だよ」

「はい。代わりに困ったら必ず相談してね」

「うん！……」

「あら、大能君どうしたの？　二人で密談？」

と、岸田が割り込んできた。

「いいえ、違います。怪我しているので理由を聞いてました」

「そう?……」

と、疑いの視線を送る岸田から武は、すっと逃げた。

「やだ。無視するなんてひどい！……負け犬より又、担任へ返り咲く私をもっと大切にしてほしいわ」

「まだ、勝負はついてませんが！……」

「残念ね。もう少しで辞めて行った理想倒れの先生たちと同じになっちゃうわね。不思議？……長いものに巻かれて動く方が楽よ！……」

「本当、岸田先生は正直で羨しいです」

「ちょっと、馬鹿にしてるの？」

「まさか、誉めているんです。単純だった己を反省し、愚かさが身に染みて尚、挑戦したいです。課外授業の引率一緒にお願いします」

「ええ、勿論。校長先生から命を受けているし、無様な姿も見届けてあげる」

と、答える岸田は、弱りながらもめげない明江が、憎たらしかった。

「失礼します」

と、歩き出す明江は、成功させ笑顔の絶えない教室を生徒達と作れるよう遣り直したかったが、一方で校長の考えやＰＴＡ会長の狙いが描く、大人の都合でぶち壊され、徒労に終わるのを恐れていた。

そんな不安を分散し支えてくれる辰也、周平と共に明江は、最終チェックをしていた。

「ひどい顔！……暗いし、人にはズケズケ御節介やいて発破かけるのに、自分の事だとまるで駄目ね」

「ごめん……」

と、周平が見兼ねて指摘した。

「謝ってないで責任を持ちなさい！　あんたのパワーに乗せられて、私達は協力してるの！……団結する面白さを感じてるの！……弱音吐くんじゃない！」

　と、尚も周平に突っ込まれる明江は、軽く反撥した。

「出し切ったらベストに戻るもん！……」

「なら、いいけど！……」

「実際、滓が相手だからひっくりかえせなくても、爪痕位残したいよ、俺は!!」

　と、覚悟を示す辰也からも迫られる明江は開き直った。

「あ〜もう、考えない！　やる！……絶対に守る!!」

「そうでなくちゃ！……じゃあ、気合入れるわよ。エイエイオ〜〜!!」

　と、周平が元気良く発すると、辰也、明江も続いた。

　繰り返す三人の声は、夜の空で広がり、秋晴れの朝へと運んでいった。ブツブツと不満な態度でついてきた生徒達も、広いグラウンドに着くと気分がワクワクした。楽しげに辺りを眺める生徒達の目が、ジャージー姿の周平の所で止まりざわめいた。

「はい、静かにして！……紹介します。今日手伝ってくださる石丸さんと村田さんです。よろしくお願いします」

　と、挨拶を促す明江に、バラバラと頭を下げた生徒達が口々に質問した。

「男？　変！……」

「かっこ悪い！……」

「どっち？」

「ニューハーフよ！……」

「勝手にしゃべらないで！……補足します。女性です。不思議かもしれませんが、外見と内面が異なった人々はいます。障がいや色々な理由で世間と違う生き方を選んだり、余儀無く進む場合だってあります。安易に上辺の決め付けや噂から差別せず、純粋な視点で接して下さい。偏見のない姿勢が素敵な出会いに繋がり同じ価値観の友達や恋人を教えてくれます。一生の親友に育てばぶれないで悪意や憎しみと戦い、不得意な事も努力しようと思えます。どうか、喜怒哀楽も起こらない独りの世界へ逃げ込まず、夢のある環境で語り遊べる仲間を大切にして下さい」

「なんか、卒業式のメッセージみたい」

と、必死な明江に白けムードを知らせようと、武が突っ込んだ。

すっと冷静になる明江は、又、付け加え過ぎたと反省するが、一瞬で切り替え修正した。

「少し逸れたけど、おまたせしました。始めます！」

「ＯＫ！」

と、答える辰也と周平は、グラウンドの真ん中から生徒達を連れ左右に分かれてスタートした。

まず、明江は遠巻きに付いていく生徒達を心配して周平のフォローにまわった。だが周平は直ぐ様、大空へ凧を舞い上げ生徒達の好奇心に呼び掛けた。ふんわりと流れる白い雲に届きそうな姿を生徒達は、じっと眺めていた。透かさず周平は、一番近い生徒に糸引く加減を説明し渡すと、次の凧へ移った。同様の方法で生徒に任せる形をどんどん繰り返す周平に釣られ、協力する子供達とで全部を青空へ泳がせた。その間も配慮する周平と明江は落ちそうな凧に手を貸しコツも助言した。糸の動かしようで急降下する緊張やワクワクを楽しむ生徒達は、夢中になっていた。いい雰囲気になった所で移動した明江は、辰也の手伝いを開始した。辰也は何回も竹とんぼを飛ばしもって教えていた。真似してやる生徒達は、全然浮かずつまらなかった。充満する白けたムードを変えようと明江が援護した。

「大丈夫よ。慣れれば簡単だから！……」

と、明江も空中に滑らせると、思わず注目する生徒達が質問した。

「へェー得意なの？」

「誰でも出来る？」

「竹とんぼ、どれも同じ？」

「みんな一緒！　先生も一生懸命練習したのよ。諦めないで頑張れば、スイスイ行くから！」

と、明江はもう一度飛ばし指導した。

「もっと両手で強く回して！……」

生徒達は明江がやれるのならと妙な自信を持ち、再び集中した。声を掛け見守る明江の前で、じわじわ馴染み滞空時間を延ばす中の一つがすっと風に乗り走った。

「ヤッター!!」

と、生徒達が歓喜を上げた。

自分もと挑む生徒達は、いつのまにか大半が遊べるまでになっており、残りの少数も助け合い及第点へ後少しだった。だが、全く進歩しない武に気付いた明江は、近くへ行った。

「もう、ちょっとだね」

「僕、鈍臭いから！……」

「平気よ。先生だって一杯失敗して漸く上達したの。努力すれば上手になるから！……」

「うん！……」

と、側で手解きしてくれる明江を信頼して武は何度も励んだ。

突然、ふっと浮き上がり進むと、武は無邪気に喜んだ。

「あッ！　動いた、動いたよ！……」

「その調子で続けて！……」

と、言われるままやっている武の必死な顔から全員を見回し、ずっと作りたかったクラスに出会えたと思った。

嬉し涙が滲む明江は、辰也と周平に感謝の念を送った。大空に消えそうだった理想を復活させる明江の周りで武は、グングン旨くなっていった。自然に竹とんぼを追い掛ける武は、共に飛んでいる気分だった。弾む心で繰り返す武の生き生きした表情に、明江はホッとして気を抜いた途端、日頃の運動不足が襲い掛かった。不意にきた酸欠や足の縺れでふらつく武は、地面へ右腕を打ち転んだ。

「痛い!!」

と、叫ぶ声が聞こえ驚く明江は、直ぐ様駆け寄り武を起こす光景に、どよめく全体が停止した。

所が今まで居眠りしていた岸田が、一転して迅速なハイエナとなり、武を心配する明江の下に来た。

「まあ、どうしましょ!?　大変！　足は血だらけ、右腕もおかしいわ！……とにかく病院へ連れて行かないと！……」

「あの、私が！……」

「いえ、菊池先生には他の生徒達をお願いします。企画の張本人がいなくなったら台無しよ。ちゃんと責任を持って、後始末も御自身でなさってね。じゃあ、急ぎますので！……」

と、ほくそ笑む岸田がお姫様抱っこで運ぼうとしても、武は明江の服を握り抵抗した。

「ごめんなさい……」

と、謝る武が、明江はいじらしかった。

「どうして?……悪くないよ」

「でも、僕が……」

「ちょっと、いいかげんにして！　急いでいるの、つまらない後悔している場合!?」

「うるさい！　胡麻擂!!」

と、武から睨まれる岸田は、嫉妬と怒りで爆発する感情を明江にぶつけた。

「もう！　外して!!」

と、切り裂く勢いでわめく岸田は、躊躇する明江の肩を押した。

バランスを崩しのけ反る明江から武の手が離れた瞬間、岸田は奪うように病院へ向かった。目で追う明江がしょげていると、辰也が寄ってきた。

「元気出せよ」

「大丈夫かな、大能君」

「意外に根性あるぜ、あいつ！……菊池と触れ合って男の子らしくなってるし！……続けろよ。悔いが残るぜ。生徒は一人だけじゃないだろ」

「うん！……」

と、返す明江は、せめて最初で最後の課外授業を楽しもうと切り替える心へ、ポツポツ降り始めた雨が水を差した。

「あッ……これまでか……」

と、ずっしり沈む明江に、生徒達が言った。

「先生、面白かったよ」

「うん。良かった！」

「今までの中じゃ一番だよ」

「しつこいのが先生だもん。次あるよね」

「又、やってよ！」

生徒達の思い掛けない励ましに、明江は泣きそうだった。

「ありがとう。先生、頑張るから！……」

「約束だよ!!」

と、不発で終わった残念な感情を含んだ全ての生徒達が叫んだ。

「努力するね！……及ばなくても、道を探すから！……」

と、背中を向け幸せだけど情けなくて涙が流れる明江の胸に、絶体絶命のピンチを乗り越える勇気とプレッシャーが込み上げてきた。

まだ、パッと咲いて散る花火になれない明江は、校内で蠢く悪意と対話し理解を求める現実へ歩み出した。

報い

明江は生徒達と学校に戻り下校させた後、校長室へ行った。深く謝罪し報告する明江と向かい合う田中は、難しい顔で口を開いた。

「困りましたね。岸田先生から連絡があり、大能君、右腕を骨折していたそうです。お母さんが大変驚き、憤慨していると！……」

「私、直接お詫びしてまいります。病院を教えて下さい」

「明日、話し合いを持ちます。釈明、経緯はその際に！……」

「分かりました。けど、大能君が心配なんです。様子を窺うだけでも、お願いします」

「しかし……」

「出来るだけ配慮します。お願いします！」

「仕方ありませんね。これ以上、刺激しないよう注意して！……」

「はい」

と、答える明江は、見下す田中の説明が終わるや否や、一礼して飛び出した。

残された田中は、必死で武の所へ走る想像の明江に〝もう遅いの。往生際が悪いわよ〟と投げ付けていた。身勝手な田中の考えがずっしりと感じられたが、武をほっとけない明江は、病院のドアを開け入っていた。探す明江の目に、ギブスで固定し吊した右腕と両膝に絆創膏を貼った武が映った。駆け寄る明江に気付いた武は、喜んだ。

「先生……」

と、側へ行こうとした武の前に、岸田が立ちはだかった。

「どうして来たの？」

「ちょっとだけ大能君と話させて下さい」

「駄目よ！　帰って!!」

と、後ろから怒っている雅美が答えた。

「この度は申し訳ありませんでした！」

と、頭を下げる明江に増大する苛立ちの中で雅美は返した。

「謝って済む問題!?……良く顔が出せたわね!!……どうでもいいから、岸田先生へ押しつけた武に用などないでしょ！　近付かないで!!」

「誤解です。事情を知ってもらえたら分かって戴けます。今は少しだけでも、大能君との会話を許して下さい」

「お断りします！……子供の前では控えるけど、覚悟なさるのね！……遅刻厳禁よ。では、失礼」

と、歩いて行く雅美に手を引かれる武が、太鼓持ちのごとく追う岸田との隙間から見送る明江に叫んだ。

「先生！　僕、大丈夫だよ。ありがとう！……」

直ぐ様、答えようとする明江を睨み付ける雅美が、武に注意した。

「もう、何を言ってるの!?」

「でも、先生は悪くない！」

と、反撥する意外な武に動揺する雅美を岸田が援護した。

「可哀相、菊池先生に丸め込まれているのね」

「違うよ！……」

と、必死で否定する武に雅美が、被せた。

「そうね。武ちゃんは素直ないい子ですもの」

と、考えを纏める雅美は、迷いなく武とタクシーに乗った。

二人が去り、残留する武の声を消す雅美の態度と口調は、明江の身も凍らし吹き荒ぶ冷たい風に似ていた。トボトボと重い足で家路を進む明江は、明かりの灯る部屋に入った。心配していた辰也と周平が、食事を用意して迎えてくれた。辰也と周平が作る優しさや思い遣りのある空間に並ぶ美味しそうな料理を眺める明江は、ホッとしてへたりこんだ。

「お疲れ様！……」

「あんまり遅いからイライラしたぜ！……御立腹か？　餓鬼の親！……」

「かなり……」

「とにかく詳細は後、冷めちゃうし、元気つけてから聞こうよ」

「賛成だな……」

と、三人は食べ始めた。

明江の心に染みる味が有難くて涙を浮かべた。満腹と共に落ち着きを取り戻した明江の説明が、我慢出来ない辰也は割り込んだ。

「何で、そうなるんだよ！　一方的過ぎるだろ！」

「でも……」

「一か八か当たって砕けろよ。三人でぶつかろう」

「嬉しいけど、容姿の事で厭な思いしても、お互い損だから……」

「えッ？」

「とりあえず、揚げ足を取られないようにするべきだ。よって周平は休み！……」

「つまらない！……」

「ごめんね。いつも感謝してる。とても幸せな気分にさせる献立だね」

「当たり前でしょ。じゃあ次は、本当の打ち上げよ！……」

「うん！……」

和む三人はこれが友達として一緒に食事をする最後の日だと、考えもしなかった。

翌日、約束の時間より前に明江と辰也が、校長室へ着くと自分の席にいる田中、ソファーで掛ける雅美、その背後から忠実を示し立つ岸田が待ち構えていた。

「おはようございます」

と、明江が挨拶した。

「あら、少しも早くないわよ。凄く、のんびりね」

と、雅美が厭味たっぷりに答えた。

「おはようございます。菊池先生と付き添いの方は、こちらへお願いします」

と、田中に手で誘導されテーブルを挟んで雅美の前に明江、辰也と並び座った。

「あの、課外授業の内容と成果、大能君の事故について釈明させて下さい」

と、明江が切り出し続けようとした途端、雅美が遮った。

「結構よ。端的にして！　経緯は岸田先生から、菊池先生の考えは校長先生に伺ってます。結論だけ聞かせてくれるかしら！……」

「えッ!?……」

と、詰まる明江に代わって辰也が反論した。

「随分、片手落ちだな。ちゃんと当事者や生徒達の意見も聴取して判断すべきだし、全く無視はおかしいだろう！……」

「必要ないわ。だって、武ちゃんが大怪我をした事は変わらないもの！……」

「大体、過保護で招いた運動不足は、お前にも非があるだろ！……」

「やめて！　石丸君……」

「まるで、責任転嫁ね！……武ちゃんが苦手なのは分かってやった授業でしょ。細心の注意を払って当然よ」

「三十人近くいる生徒達をじっと見れる訳ないだろ！……教室でも躓いてころぶ位あるだろ。一々びびってたら娯楽やスポーツなんて出来るか!?……それに怠った点なら居眠りしてた副担任も責めがあるだろ！」

と、辰也は岸田を指差した。

「まあ、ひどい！」

と、濁す被害者面している岸田を庇う雅美が、引き取った。

「岸田先生は関係ないわ。命に従って参加し巻き込まれただけ！……なのに武ちゃんを病院へ運び、ずっと付き添い慈しんでくれました。息子をほったらかした菊池先生と一緒にしないで！……」

「違います。私は大能君を連れて行こうとしました。でも……」

と、言い淀む明江を辰也が補足した。

「慕う菊池の服を持って必死で抵抗するあいつを無理矢理奪ったのは、副担任。厭がられているのに太い神経だよ」

「えッ？……あの子が……」

と、昨日の武が蘇り雅美をゆさぶった。

「お願いです。油断が事故になったのは認めます。大能君にも謝りたいです。しかし、実行して良かったと思います。生徒達のとびっきりの笑顔、真剣な態度、仲間と助け合い遊ぶ喜びを伝えられました。みんなも又、やってほしいと望んでます。二度とこのような失敗がないよう努力し頑張ります。寛容なお心でチャンスを戴けませんか？」

と、頭を下げる明江に視線を留める田中は、弥次郎兵衛の気分で成り行きに任せていた。

「改めて伺いますが、校長先生は許したんですか？」

「強引に押し切られたとしても、黙認したのは事実です」

「何故、嘘をつくんですか？　校長先生!?」

と、必死な明江には、田中の保身が腹立たしかった。

「あら、どこが？……」

「高い理想を目指し進む第一歩だから応援してると！……」

「だから、熱意に負けて許可したの！……」

と、返す田中に食い下がろうとする明江を黙らす間合いで、雅美が割り込んだ。

「分かったわ」

の言葉にむくれる岸田以外、全員がホッとした表情になった。

「では、処分保留ですか？」

と、聞く田中に雅美が首を振った。

「本当に人の取り方って色々よね。随分、相違している部分もあるけど、お互い証明は難しいわね」

「してるだろ。俺は見たままを言ってるんだ」

「あなたは、菊池先生の味方でしょ。生徒達だって丸めこまれているのなら判断材料にならないわ」

「誤解です!!」

と、遮られた田中への怒りも加え叫ぶ明江を受け流す雅美は、決断した。

「だから、私が信じる人の話を尊重するわ。因って菊池先生の主張は却下！……有罪により学校を去ってくれる？」

「えッ!?……」

と、青ざめる明江に代わって辰也が反撥した。

「首なんてきつ過ぎるだろ！……罰なら謹慎か減俸が普通だ！……」

「確かに、私が強制する事じゃないわね。校長先生にお任せします。但し、菊池先生を残すのなら、武ちゃんは転校させます。勿論、寄付も安心して預けられる学校にします」

「現金をちらつかせて、脅迫かよ！」

「あら、下品ね。私は自分の考えを述べただけよ。ある者が権力を行使するのを非難しても空しいだけよ。だって、世の中お金で動くもの」

「腐ってるよ、神経が！……」

と、怒鳴った拍子に過去の巳が再生され茫然とする辰也の横で明江は、危機感が強い雅美の私見に口を開いた。

「あなたは本当の幸せを知らないから、そんな悲しい見解になるんです。誤魔化さず、瀕死状態の愛と向き合って下さい。取り返しがつかなくなる前にお願いします！……大能君だって温もりを求めています」

と、明江に諭され雅美は動揺するが、次の瞬間、揉み消すように高飛車な態度で責めた。

「何、説教してるの？……絶望のあまりおかしくなってるの？　私は十分今に満足してるし、完璧な生き方をしてきたわ！　お門違いも甚だしいんだけど！……」

「でも……」

と、辛そうな顔で俯く明江は、雅美の邪念が武に与える影響を案じていた。

まだ、雅美の良心に期待する明江の純粋さを感じる辰也は、悔しくて否定した。

「菊池の優しさは、この女に通じるもんか！……昔の俺と同じで地獄に落ちても気付かないぜ！」

「失礼ね！　貧乏人の負け犬と一緒にしないで！」

と、ヒステリックに突っ掛かる雅美と辰也が睨み合うのを空中でブラックが眺め嘲った。

「よッ！　目くそ鼻くその戦いは堪えられへんな！……醜うて悪魔ごのみやけど、ほんまこいつが弱者側に回るやなんて、浄化されたもんや！……」

「感心している場合か？……自分の置かれている現実を重大に受け止めろ！　情けない!!」

と、雅美に張り付いているナイフが、姿を現した。

「へェーおったんか！……お前らしいええ狙いや」

「当然だ。いい鴨を吟味しないで焦った罰だ！」

「アホ、しくじったんやない！　滓に味方する物好きのせいや！……」

「ほざく暇があったら、打開策を立てろ！……三度失敗したら手錠は外れず同性心中だぞ。頭首があれほど下界の天使に気を付けろと申しておられたのに！……もっと慎重且つ真剣になれ！……」

「えろう心配してもうておおきに！……わしからも忠告や！……安全第一がモットーのお前ならあの女はマークせなあかんで！……本能の覚醒は、愛する人を守りたいちゅう単純な理由やけど、能力が上級や！……周囲の不幸にも敏感な反応で拘わってきよる。甘もう見とったら痛烈なしっぺ返し食らうで！」

と、ブラックに釘をさされナイフは明江を凝視した途端、ゾクゾクと寒気が走った。

「分かるやろ、わしの気持ち！……せやさかい時機を待ってるんや！……」

「確かに厭な奴だが、私は負けない！……お前の不運が感染せぬよう失礼する。アディオス！……」

と、ナイフが飛んで行く背にブラックは、投げ付けた。

「素直に恐いと認めろ！」

と、ブラックとナイフが揉めている間に、明江と田中だけを残し三人は、退室していた。

ブラックが気付くや否や引っ張られ、校門前で心配そうにうろつく辰也の所へ着地した。

惨めさや悔しさが湧くブラックは、腹癒せに明江の苦しむ姿を見物していた。田中はブラックの期待に応える冷淡さで、明江を追い詰めていた。

「本当に申し訳ないんだけど、辞職してもらえますか？……今、寄付が止まると経営すら危ないの。生徒達だって行き場を無くしてバラバラにされるわ！……先生方も職を失い混乱が起こってしまう。私の浅はかな考えで起用し信じた事によって！……でも、一人の犠牲があれば救われるの！　どうか学校を守る為、決断してほしいんです」

「勝手ですね」

「仕方ないわ！……一番注意すべき子供の怪我ですもの。取り返しがつかない失敗だと思って諦めてくれる」

「そうやって何度も志や理想に付け込み試し、使えなくなったら物みたいに捨てるんですね」

「故意じゃないわ。結果的になっただけ！……ずっと掘り出し物を探せど探せど外ればかりでうんざりしていたの。だから菊池先生こそ救世主だと期待したのに残念です。裏切った代償を払ってね」

「校長先生の行為は再建でなく破壊です。教育者が人の心を尊ばないで、生徒達に夢や善悪、正義など伝えられません。ここはお金で出来たからっぽな場所じゃ駄目なんです。目を覚まして下さい」

「寝惚けてないわよ。自覚だってあるからあなた達を雇ったの。しくじったくせに大きな口叩かないでくれる！……新米が!!」

「でも、校長先生より生徒達を愛しています！」

「あの……鬱陶しいんだけど！……無駄を並べ立てても虚しいだけよ。まるで空騒ぎ！……気が済んだら、とっとと帰ってくれる！……で、明日、退職願持って来てね」

「私も壁に喋ってるみたいです。失礼します」

と、哀れな目で眺め出て行く明江を田中は、苛立ち睨み付けた。

最後まで精一杯声を上げたが、田中の魂にすら届かず、結局、生徒達との約束を果たせない明江は、どっと落ち込んでいた。上機嫌になるブラックの遺恨が半減する位、茫然と歩く明江を校門で迎えた辰也は辛くなった。止まらず通り過ぎる明江を追う辰也は、痛々しさに言葉もないままマンションへ向かった。明江と辰也のダメージを知らない周平は、話し合いの結果が気になりやきもきしながら働いている店へ、入ってきた雅美と崇に驚き集中した。周平は水を出しあいそ良く接客していると、テンションの高い雅美が注文した。

「ねェ、ビール頂戴。祝杯をあげたい気分なの！……」

「何があったの？」

と、釣られて笑顔になる崇が聞いた。

「私の息子に怪我させて平気でいる小賢しい無礼な担任を首にしてやったの！……スッキリしたわ」

「辞めさすなんて可哀相だよ」

「いいの。同情なんて不要な滓よ」

「でも僕は、相手の受け取りようで、大能が逆恨みされないか心配だよ」

と、崇が答えた瞬間、カウンターに戻り掛けた周平は、雅美が明江の敵だと知りお盆を落とした。

「どうしたの？　周ちゃん」

「いえ、失礼しました。直ぐお待ちしますね」

と、ビールと簡単なおつまみを用意し、出す周平の胸中はむかついていた。

二人で乾杯し楽しそうに会話する雅美をひっぱたき反論したくても、周平はグッと堪え隠し撮りを始めた。北川に頼まれ準備していたものだが、今の周平は明江を救う武器として使う頭しかなく、雅美に突き付け撤回させたかった。

マンションに着いた明江は、部屋でへたりこんだ。辰也はコーヒーを淹れ明江の前に置き尋ねた。

「駄目か？……」

「うん、惨敗だよ……」

「諦めるな！……不当解雇で訴えてやれ！　戦おうぜ！……」

「いいよもう……色々疲れちゃった。無理なのに担任引き受けて、新しい風気取りで、交換日記、朝の歌、花壇作り、夢や平和を語るとかやったけど……無視され、騒がれ、はぐらかされて、バラバラのまま距離も縮まらなかった。でも、二人のお陰でやっと響いたのに！……詰めが甘いから、全部消えちゃった……ごめんね。こんな結果で……」

「俺らの事より、負けるんじゃねェよ！……」

「ありがとう……無力だね、私……」

と、涙をボロボロ流す明江が可哀相で抱き締め一緒に分け合いたくても、辰也の両腕は動かなかった。

それでも、側に寄ろうとする辰也をブラックが引き戻した。

「お願いだ！　離してくれ！……許してくれ！……彼女を慰め、優しく包んでやりたいんだ！」

と、必死でわめく辰也の言葉も闇に抹殺するブラックは、嘲笑い返した。

「嘗めたらあかん。ケチのついた人間が簡単にはリセットしまへんで！……まして助かる道のないお前が考えるやなんて、おこがましいぞ！」

「分かってる。どれほど悔やんでも後の祭だと！……頼む！　せめてひと時でいいから、自由にしてくれ!!」

「アホか！　わしはお前らの弱り困る姿がおもろうて、気分爽快なんや！　容赦する訳ないやろ！……頓珍漢もええ加減にせんか！」

と、浴びせられ、解けないブラックの蹂躙で少しずつ気力が衰えていく辰也は、報われない無念さに嘆く明江から視線を逸した。

責める明江の泣き声と二人を別つ渡れない川の幻覚が重なる辰也は、息苦しくて切なさの余り聞いた。

「外ならいいのか？……」

「おお、ええで！……過去と同じでほって逃げる卑怯さ最高や！……」

と、心の傷へ塩を塗るブラックの悪態に辰也は、思わず部屋を飛び出した。

去ってゆく辰也を目のはしで捉える明江は、益々、自己否定し叶わない恋のショックにも乱れ慟哭した。

ふて腐れ当てもなくふらつく辰也にブラックは、ホッとし満足していた。ふっと昔の香りがする酒場に噎せ返る辰也は、付き纏う数々の罪を死で償う日が迫っていると感じた瞬間、明江から離れたら運命を変えれず、負け犬として消えてゆく自分が浮かんだ。平行して胸を切なくする苦しさが、幸せな悩みになる辰也は、たとえ地獄行きでも、最期の寸前まで奇跡を信じ明江の側にいて尽くし守りたいと思い直した。踵を返し進もうとしてブラックの妨害が過る辰也は、切り替え周平のフォローを求め店へ向かった。近くに来た辰也を突然、二人の男が両側から挟み、しっかり腕も持った。

「久し振りやな」

と、挨拶する細身で背の高い花井に続いて、ポッチャリで小柄な谷川が口を開いた。

「随分、捜しましたよ」

「お前ら！……」

と、青ざめる辰也を捕まえたのは、数カ月前、この辺りで巻いたやくざだった。

「別件の確認で立ち寄ったら、辰也に会えるなんて嬉しいぜ！……神様はいるな」

「きっと悪魔だよ……」

「吐かせ！……俺らがどんなにひどく罵られお灸をすえられたか!?……食事も抜かれてえらく痩せたんや！……根深い恨み百倍にして返させてもらうで！……」

「大丈夫や、コロコロしてる」

「お前は終わりや！……行こか！」

「何処へ？」

「バカ、愚問じゃ！……」

「ちょっと、待ってくれ！……」

と、暴れる辰也の腹を殴る花井は、手錠も掛けた。

「俺の特製で鎖も長いしがんじょうや！……もう、逃がしたりせん、諦めて従え！」

ブラックとやくざの両方に蹂躙された辰也は、為す術もなく過去へ引き摺られていった。

離れていく周平の店を見ている辰也の目には、涙が光っていた。

外で起こっている事を知らない周平は、雅美と崇が帰ってから来た北川に怒っていた。

「くそ女、糾弾してやる！」

「まあ、落ち着け周ちゃん。決定的な証拠じゃないから弱いだろ」

「なら、ネットに流して、尾鰭を付けてやるわ！」

「駄目だ、相手と同じになる。少し時間をくれたら調べてみるよ。周ちゃんは理恵の好きだった娘でいてくれ……必ず、滓に相応しい退治の仕方を考えるよ」

「でも……」

「もし揚げ足を取られ失敗したら、今より悔しさも倍増するぞ。崇や菊池さんが再び傷付かないよう、慎重に追い詰めるべきだし、容赦はしない！……」

と、静かな口調だが、迫力のある北川を感知する周平は、冷静になった。

早仕舞いして情報を伝えようと帰宅した周平の視界に飛び込んだ明江は、がっかりした顔で俯いた。直ぐ殺伐とした部屋の空気と涙も涸れぼんやりする明江に驚き、周平は聞いた。

「ねェ、何があったの？　辰也は!?……」

「出て行っちゃった。メソメソしてる意気地の無い私に嫌気がさして……」

「辰也は、そんな奴じゃない！」

「だって、戻ってこないもん！……」

「とにかく説明して！」

と、切り返す周平に、今日の出来事を話す明江は、どんどん暗くなった。

「落ち込まなくても、辰也の居場所はここだから！……絶対他にない！」

「本当に？……」

「トラブルとか、厄介な人に絡まれているのかもしれないわ」

「気休め？……」

「女の勘！……けど、菊池がメソメソしてたら辰也ショックで自分を責めるよ！……」

「でも、職も失ってからっぽになっちゃった……」

「ある。菊池には志や理想が！……前進して行く底しれないパワーだって溢れている！」

「買い被りだよ……」

「ハズレ、贔屓なしで疲れてるだけ！……充電して次のチャンスと辰也を待ってよ！……

学校の進退問題は反撃の方法企んでいるから、早計にならないで！……」

「強いね。周ちゃんは……」

「弱いわよ。けど守りたい三人の絆を！……勝負がつくまでは！……」

「うん……」

「同意をもらった所で働けない間、店の雑用とか手伝って！……代わりに家賃や食費は払ってあげる。部屋でくだらない事考えて沈むより、動いて健康を保つの！……」

「ありがとう……」

　と、周平の言葉に温まる明江の魂は、凍結状態から息を吹き返し、ゆっくり回復し始めた。

「辰也がいないなら出直すわ」

　と、泊まりづらい周平が玄関へ向かうと、明江も少し遅れて付いてきた。

「明日からよろしくお願いします」

「ええ、じゃあ！……」

　と、ドアを開け去る周平と残された明江は、お互い辰也が心配で恋しかった。

　久し振りにバラバラで過ごす明江と周平は、募る寂しさに支配され、不安な夜を迎える頃、電車で着いた辰也が、花井と谷川に昔の街を連行されていった。華やかで沢山のビルやお洒落なショップが並ぶ大通りを、幸せそうなカップルやスーツ姿の男達、着飾った女達が笑顔で歩いていた。素直に眺める感情の直線上で、鬱陶しくて眉をひそめる過去の辰也がいて、借金に嵌まったカモ達を全力で追い詰め絞り取っていた。世間の輝きを憎み、濁らせ悪へ引き摺りこんで喜ぶ姿が次々と蘇る辰也は、良心の呵責に押し潰されそうだった。目を背け揉み消したくても、容赦なく耳元で泣き言、漢願、ヒステリーが響き、尚も辰也を追撃する中に交ざって、完璧な罠や成功率の高さをも誇りせせら笑う腐った根性から吐く自分の声に震えていた。

「怖いんか!?……牙を抜かれた野獣やな」

と、辰也を見下す花井に谷川が、乗った。

「正に！　狂犬の面影ゼロだよ。けど、俺らは汚名返上されるし、御褒美つき！……謙虚ならボス上機嫌！……難解より楽しく、考えても同じ日だし、食欲旺盛が一番！……」

と、三人で横道へ逸れ古ぼけた七階建ての事務所に入っていく辰也の顔は、決意を固めていた。

六階の〝社長室〟とあるドアを開けたら、ソファーで仲島が待っていた。

「二人共、良くやった。ここに」

「はい」

と、答える花井と谷川は、仲島の前に座らせる辰也の手錠から伸びる鎖を持って背後へ立った。

「長い間、何処をほっついていた!?　お前が消えて与えた損害、借金は踏み倒すつもりか!?」

「済みませんでした。ちゃんと働いて少しずつでも返します」

「なら、取り立て続けるんか？」

「いえ、今住んでいる町で全うに仕事し送金します。だから、俺を帰らせて下さい」

「お前、道草のくい過ぎでバカになったんか!?……誰が信じるんじゃ!!」

「俺は天使と接触し癒された日々を失いたくない、汚したくない、尊いものだから!……必ず一生掛けても遣り遂げます。命ある限り、償い善行を尽くす道へ進ませて下さい!……お願いします!!」

「頭でも打っておかしなったか？……冗談なら受ける話にしてくれ!　ムカムカする!……」

「本気です。もう二度とあんな生活はしたくない!……許して下さい!」

と、床に土下座する辰也を見限る仲島は、切り替えた。

「残念や。俺は道理を蹴破る腕白な辰也が好きやったのに……仕方ないか!……奥の手をプレゼントしたろ」

「えッ!?」

「臓器ツアーや。血の一滴まで現金となり凡てが人様の役に立ち蘇る。変わってしまったお前にはピッタリな贖罪やろ。出発まで七階へ場所作ったるから待機してくれ！……」

「どうして分かってくれない！　俺は生き直したいんだ!!」

と、取り乱す辰也が向かっていく仲島に、腹を殴られ膝から崩れ倒れた。

すっと谷川が、辰也の背中に乗り動きを封じた。

「いくらほざいても、どっぷり悪に浸かった己れが再生などおこがましいぞ！……ちょっとグレたみなさんの言葉を真似するな！　外道が！……幻の直視よりもっと、俺の配慮に感謝してほしい位じゃ！　連れて行け!!」

と、七階へ運ばれ入る埃っぽくがらんとした部屋で、足にも鎖を付けられた辰也の自由は、近くにある破損したソファーとポータブルトイレ、ペットボトルの水が使え飲めるだけだった。

闇の中で脹らむ報いが伸し掛かりへたりこむ辰也を眺めるブラックは、上機嫌になった。飛火しているブラックの喜びが、明江や周平を消沈させても、二人で働く店に生まれる希望の種が、穏やかな空気を出していた。通い始めた明江が、掃除や周平から教わり仕込みの準備など手伝い、営業時間は裏で洗い物する毎日に、悔しさ、矛盾、悲しみを整理し受け止めようと努力していた。反動で夕方に仕事を終え集中力が跡切れた帰り道の明江は、無意識に辰也を耳と目で捜していた。がっかりして部屋に着き、ぼんやり座り込む明江は〝頑張れ、頑張れ、諦めるな。必ず好転する〟とぶつぶつ祈るように繰り返した。明江の一人言がエールとなって風に乗り、真っ直ぐ辰也の心を通り抜けふんわり包んでいた。

「又、あの女や！……こいつなんか気に掛けんと違う相手を射止めんか！……しつこいぞ！」

と、引き離しても邪魔な想いを届けてくる明江にうんざりするブラックは、似た表情で食事を持ち入ってくる谷川と花井に、毒突いて憂さを晴らしてほしかった。

「いい加減、食べてくれ！……好きな物注文しろよ。栄養付けて体力温存してくれないと俺達が怒られるんだ！……」

と、苛立つ谷川から引き取る花井は、クールに迫った。

「無駄死になどみんなの損や！……家畜の豚となったお前は、餌オンリーで考えるな！……素直になれ！……」

の言葉には、いつも無反応な辰也が顔を上げしゃべった。

「元気か？　俺を励ましてくれるのか？……けど、もう駄目だ……」

と、辰也は空中を見詰めていた。

「お前、誰と話しているんだ？……」

と、谷川が怪しげに聞いた。

「また、会える？……本当か？……根拠がなくても安心するよ」

「おい、正気か!?……」

「別に狂ってても内臓が健康なら問題ないぞ」

と、花井は答えながら後退りしていた。

「分かった。最後まで望みを捨てないよ」

と、水を飲む辰也は、谷川の運んできた夕食へ視線が移動した。

向かってくる辰也が不気味で押し付ける谷川は、花井と共にす速く出て行った。モリモリ頬張る辰也は、明江の幻覚に縋っていた。

すっと通じ合う魂から危険を察知しても、辰也の行き先すら見当がつかない明江は、為す術もなく日々を送っていた。勘を周平に相談出来ず、心配もさせたくない明江は、辰也の話題を避けていた。周平も触れず保つ中で、二人の間に存在する辰也を感じ恋しさも別ち合える明江がいれば、三人で過ごした生活をもう一度、取り戻せると信じていた。

少し慣れ落ち着く周平は、不意に顔を見せない北川との約束が騒ぎだした。

〝ひょっとして、うやむやにするつもり!?〟と心で叫ぶ周平を静めるように北川が現れた。

「いらっしゃい。随分、御無沙汰ね」

と、周平の厭味な口調を聞き流す北川は、真剣な顔で本題へ入った。

「やっぱり来たぞ、金の請求!……」

「えッ!?」

「慰藉料だ。相手が認めているから、証拠も合わせて菊池さんの件、反撃に出れるぞ!……」

「本当!……よし、こてんぱんにとっちめてやる!」

「あの、待って!……」

　と、奥から飛び出す明江は、北川に会釈した。

「心配ないよ。もとの職に戻れるよう私が校長と話すよ。荒療治でも、相手の遣り口に比べたら、可愛いもんさ」

「ありがとうございます。でも、人の弱みに乗じてひっくりかえすなんて……私の本意ではありませんし、後から武君が事実を知ったら傷付きます」

「だが、あなたは教育者の道を捨てるべきじゃない！……店を手伝い雑用するのが夢でもないだろ」

「今は考えられませんが、又探します。自分の志が活かせる場を！……」

「何で超お人好しなの！……時には牙を剥いて戦い、倒してでも生徒達の所に帰るべきよ」

「確かに、生徒達とは別れたくないけど、価値観が全く違う校長先生の下では同じになるだけ！……ここをもし凌げても根本的解決じゃないよ」

「残念！……やっぱり、あの女ひっぱたいてやれば良かった!!」

「ごめんね」

　と、返され収まる周平は、疑問が湧いた。

「どうして、御隠居宛にきたの？」

「調べて取れる相手から戴く腹だろ」

「まさか、困っているの？」

　と、問う周平に答えようとした北川が絶句する勢いで、崇が駆け付けてきた。

「おじさん、見せて！……」

と、崇が大能義男の手紙を読んでいる途中で、横から伸ばす手に奪い取られた。

驚き振り向く崇に雅美が映った。店の空気が一変する程、横柄な態度で目を通す雅美に周平は苛立ち睨んだ。爆発しそうな周平に気付く崇は、雅美を隠しつつやんわり話し掛け濁そうとした。

「来れたの。電話では歯切れの悪い返事だったけど……」

「確認に伺ったの。けど、つくづく呆れました。嫉妬からの行動でも最低だわ！……どうか、端たない請求など忘れて下さい。私が注意し二度とさせません」

「でも、大丈夫？」

「問題ないわ。自分の事を顧みてほしい位！……序でに菊池さん、威そうとしても無駄よ。周りは私の味方だから揉み消しも楽だし、揺るがないわ！……あら、新しいお仕事お似合いよ、良かった」

「あなたみたいに菊池は卑劣じゃない！……けど、勝負したいのなら、私が受けて立つわ！……望み通り撮影した証拠を使い、尾鰭も付けて不倫の宣伝してあげる！」

「落ち着いて、周ちゃん！……」

と、怒る周平を明江が宥めると、崇も執り成した。

「周ちゃん、僕が謝るから！……」

「野蛮で単細胞ね。ネットに映像なんか乗せたら、私よりサラリーマンの崇さんが困るんじゃない！……当然流れ出す会社名や色々な噂の影響で、イメージダウンを引き起こしたら厄介よ。ちゃんと考えなさい。失礼！……」

と、余裕綽々で雅美は去っていった。

「絶対、懲らしめてやる！」

と、益々カッカする周平を冷却するように、北川がしゃべり始めた。

「敢えて汚い手を駆使しなくても自滅するよ。破産すれば力も失い、馬鹿にしていた人々と同じレベルを強いられる。偉そうな振舞も終止符だ」

「はあ!?……」

と、拍子抜けする周平の横から、明江が質問した。

「倒産するんですか？」

「ああ、もう決まっている。ばれないよう出張先で作っていた借金もあるし、身ぐるみ剥がされる状態だよ」

「それでお金を？……」

「恐らく。頼れる身内は、旦那の父親のみで何十年絶縁したままだ。親戚、友達もいないようだから路頭に迷うね。根っからのお嬢様だし大変な逆風じゃよ」

「あら、悲惨！……」

と、漸く内容を理解する周平は、胸がスッキリした。

「可哀相だよ」

と、同情する崇に周平が反撥した。

「黙れ！……菊池は凄く傷付けられてるんだ！……辰也もいなくなるし、私達にとって大能こそ悪の元凶よ！……」

「でも……」

「人を踏み付けにしてきた報いよ！……」

「周ちゃん、ストップ！……素敵な心がグレちゃうよ」

「もう、恥ずかしいわ、茶化さないで！……」

「本当だよ！……でも、武君、平気かな……」

と、案じる明江の沈む心が、店内を静かにした。

雅美の家は百坪以上で、木々や草花が美しく咲く庭に囲まれていた。部屋全体は、アンティークっぽい家具や装飾品を揃え統一している、雅美が大切に守ってきた城だった。落城の現実は待っていた義男が、リビングルームで大きめの食卓を挟み座る雅美に知らしていた。走る緊迫した空気を笑いで打ち消す雅美が、否定した。

「冗談はよして！……両親の遺産だけでも生涯困らない額よ。私の為に最大限貯蓄してくれたものが、底をつく筈ないわ!!」

「もっと早く会社を潰せば良かったんだが！……すまない!!」

「謝るより私達の暮らしが立つようにして！……最低でも今の生活を維持させるのが、一生不自由をかけないと、お父様に誓ったあなたの義務よ!!」

「許してくれ！　全部取られるんだ！……せめて残る借金で苦しまないよう離婚して、武と遣り直してくれ！……」

「勝手な事言わないで！　惨めな日常など有り得ない！……気品やプライド、優雅さの消滅した家庭にどんな意味があるの!?　返して！　安定した空間を！　命と引き換えでも!!」

「僕が死んでも変わらない！……だから、他の地域で稼ぎ必ず送金する。雅美もゼロから頑張ってくれ！……」

「ああ、何てひどいパートナーを選んでしまったの!!……私が働く?……人に頭を下げる毎日?……貧乏?　一文無し?……嘘よ！　全くリアルじゃないわ！……」

「事実だ！……生き延びるには恥も外聞もかなぐり捨てる気持ちで労働するしかないんだ！……貧困の中に自分を合わせていくしかない！……辛いだろうが乗り越えてくれ！」

と、説得する義男への絶望が、雅美の頭を真っ白にしていた。

「もう終わり?……完璧な私に凡てが背く!?……本当、厭な夢よ！……急いで目覚めないと吐きそうだわ！……」

と、立つ雅美は、茫然と隣の部屋へ消えていった。

義男は手持ち無沙汰でタバコに火を付け吸った途端、戻ってきた雅美が背中から思い切り脇腹を刺した。タバコが下に落ち呻く義男の血飛沫を浴びながら雅美は、呟いた。

「お父様に戴いた魔法の短剣よ。私を幸せへ導き邪悪な影は抹殺してくれるの！……これで解けるわ！　呪いから！……」

　と、座り込む雅美の側で、絨毯が白い煙を上げ燃えていた。

　姿を現すナイフのほくそ笑みが火を強くする反面、虫の知らせとなって明江の魂へ届いていた。キャッチした明江は、警笛の鳴るような胸騒ぎにせっつかれ口走った。

「心配だから、ちょっと見てくる」

　と、エプロンを脱ぎ飛び出す明江を、周平は驚き眺めていた。

「僕も行くよ」

　と、崇が続くと、北川は周平を煽った。

「二人だと無茶せんか不安じゃな。特に菊池さんは優しいから、怪我せんといいが……」

「平気よ。菊池は私が全身で守るわ！……傷など付けさせない、辰也への愛に誓って！……後よろしく！」

　と、鍵を預け追い駆ける周平や明江、崇から伝わる青春の甘酸っぱさが、北川には心地好かった。

震度七

明江は歯痒かった。漂う怪しい空気が存在するのにきっかけすらない明江は、前で一緒に立つ周平や崇と雅美の家を眺めるしか出来なかった。

「変よ！　三人揃って様子を窺っているなんて！……訪ねる理由もないし諦めたら！……」

と、客観的に突っ込む周平に、崇が困っていた。

「でも……」

と、視線を向ける崇は、明江が放つ緊迫感をほっとけず側にいた。

集中して辺りを見回す明江が直観の誤認と思った瞬間、奥から上がる白い煙に気付いた。

「あそこ!!」

と、インターホンを連打する明江に釣られた崇が、門を乗り越えて開けた。

「これって、不法侵入よ」

と、周平が注意するのも聞こえない二人は、走り出した。

「えッ！　犯罪者?……しょうがないわね」

と、後を追う周平が庭に面した窓から火災を知り、明江、崇と交じって驚いていた。

動揺しながらも直ぐ、窓を叩き呼び掛ける明江に、周平が助勢した。

てきた。

「もう序で……除けて！」

と、石でガラスを割り風が通ると、物凄い熱気や色々な臭いに一酸化炭素が加わり襲ってきた。

咳き込む三人が行こうとして、周平が崇に命令した。

「ぼんやりしないで、早く消防に連絡して！」

と、止まらない明江と共に周平は突進した。

火の真ん中に雅美が座り、横で倒れている義男を目の当たりにした明江は、悔しかった。

「どうして!?……」

と、涙を浮かべる明江の悲痛な疑問に、周平も胸が苦しくなった。

だが、すっと事態に対応する周平は、ベッドの布団や毛布で消していると、少し遅れて明江も手伝った。

「ママ！　ママ！……何処!?……」

と、武の声を捉えた明江は叫んだ。

「来ちゃだめ!!」

「先生!?……いるの？……」

「動かないで！……」

と、夢中で踏み込む明江と同時に、不安な武がリビングルームへ入ってきた。

信じられない光景に立ち尽くす武を、雅美が呼んだ。

「さあ、武、いらっしゃい……」

「あッ、ママ！……」

と、反応する武は、伸ばす雅美の手を取ろうと歩き出した。

道を作り待つナイフの懐へ落ちる寸前、明江が武を抱き止めた。怒り炎を強くして覆い殺そうとするナイフに、明江が反撃した。明江の魂から撃つ光の矢は、ナイフの頬を掠り硬直させた。ブラックの忠告がよぎるナイフは、火で囲み姿を隠した所へ、崇が怖々進んできた。

「大能、大丈夫か!?……僕が助け見守るからやけになるな！……」

「よし、お前が代わりになれ……」

と、崇を操り取り込もうとするナイフの動きに、す速く牽制する明江が睨み付けた。

「まだやるなら、今度は外さないわ!!」

と、受けて立つ明江に、ナイフはすんなり身を潜めた。

殺気が消えると、明江は崇にキレた。

「ちょっと何してるの!?　ややこしくしないで！……いい加減、北川さんに心配掛けるんじゃないわ！……幾つよ!?……我儘で努力もせず、無責任さを許す使えない未来など変えてしまえ！　甘えるな!!」

「はい……えッ、ハートに電撃が……」

と、とまどう崇を安全な窓の所へ行かしていると、武が明江の手を放し、リビングルームへ突進した。暴走を感知した周平に押さえられる武は、炎から見え隠れする雅美と義男に必死で叫んだ。

「ママ、逃げて！……僕を置き去りにしないで！……ママ、パパ!!」

「うるさい！　お花畑で暮らすママに構わないで！……あなたは茨の道を歩みなさい。私の手を払った罰よ、生きな！……」

と、雅美のあいそ尽かしに佇む武を追ってきた明江は、あまりにも辛く不憫で言った。

「先生が救出に向かうね！……」

「ストップ！　二人共冷静になって！……危険過ぎるわ!!」

「でも、大能さん達が！……」

「もう、素人じゃ無理。巻き添え食らって被害者なんて馬鹿げているわ！……心情的に救いたくても我慢して！……武も堪えて！……恨むなら私を呪って！……」

と、周平の真剣な眼差しから諦めを突き付けられた武は、明江に縋って泣いた。

「ぐずぐずしないで退散するよ！」

と、周平が強く促す明江に向け、口惜しいナイフは燃えている柱を倒した。

咄嗟に明江と武を庇う周平は、打撃も受けながら擦り抜けた。縮れた髪や焦げた服の周平を見た明江が、激怒しもう一度狙うと、二の矢はナイフの肩へ深く刺さり、呻く苦痛が魔力も弱めた。

「何で怒っているの？……」

と、一瞬の豹変ぶりに吃驚していた周平が、ふと生まれた安全な隙間から急き立てられ、まだ収まらない明江を引っ張り、武と崇も連れ外へ出た。サイレンの音が鳴る中、煤けた四人は打ち沈み心残りな思いで保護された。

明江は辰也と繋がる空に、助けられず無力に終わった遣る瀬なさを話していた。落ち込む程募る明江の恋心が風へ乗って、辰也の胸も焦がし求め合っていた。平行して届く想いから邪魔されミスったナイフの魂狩りと屈辱を知るブラックは、益々嫌悪さが高まった。

「アホが！　だから要注意やて教えたやろ！……もっとダメージ与えんか！　油断大敵や！……ああ、滓の事は忘れてくれ、消えてくれ、でしゃばるな！……あの女を感じるだけで、おじゃんになりそうや！」

と、ぼやくブラックを遮るように登場する仲島の知らせは、辰也の僅かな望みも取り除いた。

「よッ！　いい調子やな。食欲旺盛で俺も嬉しい。さて、お待ち兼ねの日程が決まったぞ。明日七時に出発や！……最後の夜を満喫してくれ」

と、宣告され辰也は箸を落とした。

「やっぱり、ダニのまま死ぬのか……」

「当然や。奇跡なんか起こらんし、正義の味方もおらんのが現実や。普通に考えて覚悟し、潔く旅立ってくれ！……おやすみ」

と、戻っていく仲島の言葉に嫌気がさす辰也は、軽く笑った。

消灯した室内で馬鹿ばかしさに全身の力が抜けソファーへ倒れる辰也は、じっと空中を眺めていた。自己防衛の逃避が三人の生活を浮かべると、辰也の魂が勝手にしゃべりだした。

〝あッ、食卓を囲み明江と周平が笑っている。あいつ料理旨いからタコ焼きの改良や焼き方も工夫してくれて、お客に美味しいと言わせる努力家で最適なアシスタントだけど、女として違和感アリ！……課外授業も巻き込んで協力させ生徒達と真剣に遊び楽しんでいたっけ！……でも一番は彼女の充実した嬉しそうな横顔だよ。乗せられて改心の真似ごとや応援もしたくなる女神は、御節介で情に厚く、一生懸命だけど不器用、要領も諦めも悪い素敵な人！……来世で会えたら必ず結婚し小さな幸せを生涯にわたって守ると誓うよ！〟

と、聞いている辰也の体は、悔いる涙で激しく弱り、気力も尽きてしまうと、ひと時の夢に包まれたまま廃人化した。

ゾクッと届く辰也のピンチをキャッチ出来ない位、事件の聴取を終えた明江は沈んでいた。武の怪我から転がりだした不運は、雅美、義男の死亡や家の焼失へ繋がり明江を苦しめ続けていた。吐きたくなる弱音も、一時的に預かった武の温もりと責任感が、明江を踏ん張らせていた。

一方、明江と警察所の前で別れた周平は、崇を連れ店へ戻ると、北川に悲惨な結果を話していた。

「何とも遣り切れんな……御苦労さん」

「うん……あっけないね。プライドの破滅なんて哀れだよ」

「仕方ないさ。ただ、彼女にとって生きる基本なら、冷静さを忘れてほしくなかったな」

「そうだ、辛いよ！……僕は好きな女性一人守れない自分が厭だ！……反省するよ。おじさんにも迷惑かけない男になる！……きっと変わるから！……」

「おい、大丈夫か!?……」

「多分、大能家のショックと菊池に怒られた混乱かも……」

「違うよ。僕も菊池さんのように強くなりたいんだ！……」

「思うのは自由だけど……高望み？……」

「いや、私は嬉しいよ。頼んだ甲斐があった」

と、安心した北川の表情に、周平もホッとした。

二人が帰った後、周平は片した店から食料を持って明江のマンションに行った。部屋で涙も涸れぼんやり俯く武の悲しみに償いたい明江は、せめて癒し元気付けたかった。入ってきた周平も痛々しい武を、内面から温めたくて夜食を作り出した。

「気分転換に、お腹だけでも満たそ」

「ありがとう」

と、周平を眺める明江が一息突くと、先程逃がしたものより具体的な辰也のイメージを捉え、遣る瀬なくなった。

周平はサッと調理した雑炊を器へ盛り武の前に置いたが、少し食べただけで、疲れ果て寝てしまった。明江が寝室へ武を運んでから、周平と食事にした。

「辰也がどうかしたの？」

「えッ!?……」

と、詰まる明江に周平が、突っ込んだ。

「白状しろ！……顔が一段と曇ってる」

「ただ……辰也の慕情や後悔、理不尽な拘束からの絶望を感じるだけ……」

「場所は見当つかないの？」

「分かるなら、直ぐ様行って辰也を救出してあげたいよ！……悶々として、今日の無念さに似てる」

「逆よ！……辰也は愛を知り改心してた。私達だっている。絶対、一緒じゃない！……」

「うん！……」

と、答える明江は、周平に否定され落ち着いた。

再び固く無事を信じる明江と周平の願いを踏み躙る形で準備する天災は、臓器バイヤーよりも早く辰也を迎えに動き出した。

「グズグズ、センチに浸りやがって！……うざい奴！……今度こそ確実に息の根止めてや、頼むで！……おッ来よる！」

と、ブラックは、まだ暗い早朝の空高く、鎖が伸びる最大限まで跳ね上がった。

間も無く、直下型の大地震が起こった。ドスンの音と共に建物を土台から掘り返す勢いの揺れが、辰也へ襲い掛かった。目覚める辰也は夢心地で柱が傾き、床や天井、壁に罅が走るのを眺めていた。

〝逃げて!!　諦めちゃ駄目!　大丈夫だから!〟

と、響く明江の声を聞いた辰也は、閃く瞬発力に操られ足掻き始めた。

崩れを避けドアへ向かうが歪みで開かず、ガラスも割れた小さな窓へ押されて行く辰也は、下を覗いた。変わり果て崩壊した外の方が、どんどん潰れ迫ってくる内側より安全だと判断し辰也は叫んだ。

「もし、助かったらもう一度会えるよな、明江!……俺に力をくれ!!……帰れたら三人で馬鹿話しようぜ」

と、一か八か飛び下りようとした瞬間、ビルが折れ投げ出された。瓦礫の中へ頭から落ち強打した辰也は、意識不明となった。華やかでお洒落な街並は、数分で破壊され、逃げ出した人々が右往左往していた。

「次は、火の出番か!……」

と、ブラックは、人災で燃え広がっていく火事を見物していた。

暫くして、良心に従い喜怒哀楽の生涯を貫いた美しいシャボン玉みたいな魂が、沢山天上へ昇っていくのを見たブラックは、むかつき急降下した。壮大な輝きを放つ天空とは違い、低空で浮く仲島、谷川、花井も含む、迷う悪党らの真っ黒な魂を、順々に現れる悪魔達が飲み込んでいった。涎を啜るブラックも加わろうとして気付く消えてない手錠が、辰也の所へ引き寄せた。

「くッそ～！　まだ、くたばってへんのか!?」

と、悔しがりイライラするブラックは、なだれを使い消滅させたくても、周りで生存している命を辰也の死亡より先に、巻き込み奪えない掟がネックで断念した。

経過と共に被災した現場は騒がしくなり、ヘリで降り立つ自衛隊の救助活動も開始され、重態の人々が跡切れず搬送される中、辰也も救急車で運ばれていった。ついて行きつつ怒りが収まる事で、辰也を保護する明江の思いに阻止されたと悟るブラックはがっくりし、尚も仕掛けていたら、二の矢で破滅する姿を連想し前途多難な気がした。

弱気になるブラックと危篤の辰也も入り交じり、多大な被害を齎した地震ニュースが伝えている街を目に止める明江は、閃く刺激でバラバラだった感情のピースが完成した。同じ風景だと認識する明江は、テレビの前で釘付けになった。

「凄いね」

と、側にいる武が、明江の手を握った。

「うん……地面の大叛乱だとしても、辛いね」

と、遠くへ落とす視線が明江を寂しげにすると、武は心配ししがみついた。

「行こうか」

と、気合を入れ、一人でほっとけない武を連れて出勤する明江は、優しい表情に戻っていた。

店で教わりながら勉強する武は、済むと明江にくっついて色々なお手伝いも覚えて、慣れない生活を頑張っていた。武への安心で蒸し返った情報に、朝よりも熱い恋心が掻き立てられ逸る明江は、客の引いた店内へ飛び出した。

「どうしたの!?……」

と、驚く周平に明江が、早口で返した。

「私、被災地で辰也を捜してくる。初めての所が断片的に知っているの。足跡も掴めるかもしれないし、確かめたい！……」

「駄目よ。余震が何度も起こり、半壊した建物を次々と崩している危険な場所へ行かせられない！……救援物資すら届けるのが困難なのに不可能よ。分かってる？　線路は歪んだり離れたりして続いてないし、高速も途中で割れ落ちているの。おまけに一般道路もひどい罅と陥没だし、走れないわよ」

「でも、辰也を感じるの！……」

「私だって出来るものなら駆け付けて会いたいわよ！……けど、手立てがないの、冷静になって！……武も預かっているし無責任よ！」

「そうだけど……」

と、諦め切れない明江の曇った顔が、武には火の中で座っていた雅美の表情と同じに見え泣き出した。

「厭だよ。おいてきぼりにしないで！……僕が悪い子だからママは、あんな事したの!?

……燃えてるよ、待って！　一人にしないで!!」

と、向かってくる武の涙に諌められ、反省する明江は抱き締めた。

「ごめんね。不安にさせて！……先生ここにいるから……無茶したりしないって約束する」

と、慰める明江の胸で、堪えていた悲しみを爆発させる武の声が響いた。

武の傷に触れ悪化させた愚かな自分を責める明江は、取り敢えず燻った辰也への気持ちを消火した。

その頃辰也は、病院に運ばれ処置されるが、昏睡状態のままだった。

「早くくたばれ、くたばれ！……」

と、空中で眺めるブラックが、呪文のように浴びせていると、辰也の体位を変える為、若い看護助手の岩井が入ってきた。

岩井は母を自殺に追い詰めた辰也が、憎くて睨み付けた。

「おい、グッドタイミングの再会や！……頼む、殺してくれ！……生命維持装置切って止どめ刺してくれ！……許すな！　叶えろ！……借りとして、お前の子孫は狩ったりせんから！……やれ!!」

と、必死でわめくブラックの空気に飲まれる岩井は、ボタンへ指を伸ばすが、思い直し出て行った。

「この、根性なし！……」

と、罵るブラックは、馬鹿ばかしくなりふて寝する下で、生死の境目に佇む辰也は、以前あった道しるべの光や音を、ひたすら捜し思案していた。

だが果てしなく続いていく闇に、凡てが遮断されている辰也は、明江の送るエールも受け取れず、審判を待っていた。

明江も突然、辰也を全く感じなくなり、苦しむ日々が諦めの心を芽生えさせていた。秘めて一生懸命世話する明江は、懐いてくれる武の健気さや頑張りに救われていたが、引き取りの電話で到頭来たとしんみりした。ぼんやりした店のムードを一転させる間合いで現れた祖父の大能梅之助は、背が高くがっしりしており、人相も強面な僧侶で、会った三人をひるませた。

「孫がご厄介になりありがとうございました。もっと早くお伺いしたかったのですが、連絡の遅れや地震も影響してもたつき、申し訳ありませんでした」

と、梅之助が丁寧に頭も下げると、明江は自己紹介と挨拶をし周平も続いた。

「行き届きませんでしたが、武君と素敵な時を過ごせました」

と、明江が付け加えた。

「そうですか……所で、もう火葬を済ませ今から知人のお寺にて供養し弔いますので、菊池さん、武と一緒にお付き合い願いますか？」

「はい」

「あと、終わりましたら村田さん、ここでお酒を飲みながら、故人の話など聞かせて戴きたいのですが、よろしいですか？」

「どうぞ、大歓迎です。メニューの希望はございますか?」

「精進料理でなければ、好き嫌いもございません」

「なら、任せて下さい」

と、微笑む周平から安心を貰い、用意する明江、武は梅之助と出掛けていった。

移動中、常に武の行動を観察している梅之助が不思議で、明江は問いたくても迫力ある表情に口が挟めなかった。梅之助に連れてこられた寺は、敷地が狭く小さな門から冬枯れの庭を眺めつつ、味わいのある古色の本堂へ入った明江と武が、準備している住職に会釈した。二人のお経が始まり上がると、渦巻くように広がり覆う室内は、明江、武の思い出を刺激した。明江は辞職へと追い込まれた事が浮かび、厭な気分になり困っている間、武の脳裏で優しかった雅美への慕情、義男と一緒に浸かった風呂や忙しげな背中、三人での食事が走馬灯のごとく蘇っていて涙を流していた。ハッとする明江は切なくて武の肩を抱き、心で雅美に物申した。

〝何故踏ん張らなかったの!?……底まで落ちる前に凡てが、お金の張りぼてだと悟り遣り直してほしかった。揺るぎ無い友情や情け、不屈の精神も学んでほしかった。諦めてほしくなかった。生きる道を考え戦うべきだった!……伝わっているでしょ。武君の愛が!……短慮だよ!……〟

と、しょんぼりする明江は、雅美の栄華だった生活に不釣合な二人だけのがらんとした座を見詰めると、脆い器に潜むはかなく冷たい縁も染みてきて寂しくなった。

帰りを待つ周平は、美味しい料理が込み入った現実や不愉快な話も癒して、スムーズに進むよう腕を振るっていた。ふと、梅之助の魂胆を忖度する周平がモヤモヤしていると、電話で頼んだ食材の購入が済み、遣って来た崇に付いてふらりと北川も寄った。

「あら、御隠居まで……いらっしゃい」

「好奇心は大切じゃろ」

「物好きね。顔はかなり恐いけど、いい人な感じ？……」

と、周平は北川と崇に手早く、コーヒーを出した。

「多分な。序でに調べたら、一角の人物って回答だったよ。ただ、武君との相性もあるからな」

「それで、一席設けたのかな？……」

「微妙だろ。初めて会った孫に映る、息子や嫁との確執が残す影は！……」

「面白がってる？……」

「私は菊池さんが引き取ると言わないか、心配してるんだよ」

「確かに、武の反応もあるし……」

「僕は別に、大能の忘れ形見だし、菊池さんとセットなら最高だよ」

と、崇がすかたんな婿候補を表明した。

「馬鹿！……論点がずれてるわ！……」

「私は崇に賛成じゃよ。周ちゃんも恋敵が消えたら、独占出来るぞ」

「ねェ、おじさん」

「茶化さないで！……菊池は辰也一筋よ。私と同じで！……」

「分かってるよ。ちょっとした欲さ……だが、被災地で捜し出せる確率より高いじゃろ！

……方法としては、ボランティアに参加し活動しながら周りと仲良くなって、情報を集め当たるしかないぞ。水や食料も少ないし寝泊まりする場所も窮屈で大変な環境だ。構わないのなら手配してやるぞ」

「ありがとう。相談してみる」

「迷うなら、僕が会社休んで御供するよ」

「ほっといて！　私達の問題なんだから！……」

と、周平は三人の絆を掻き回す崇に、苛立っていた。

日が暮れ暗くなってから戻ってきた三人を貸し切りにした店で周平が迎えた。梅之助はカウンター席に腰を下ろすと、少し空けて武と明江が掛けた。

「お飲みになりますか?……」

「ああ、お願いします」

「はい」

と、ビールの栓を抜き、梅之助と明江に注ぎお摘みも出す周平は、別個で特製ランチを武の前へ置いた。

梅之助は複雑な心境で呷ると、武に聞いた。

「菊池さんはどんな人？」

「先生は、優しくて泣き虫。真面目で不器用、たまに短気だけど僕を守ってくれる」

「本当に？　わざと誉めているんじゃないのか？」

「えッ!?……」

「じゃあ、村田さんは？」

「変わってるけど、先生の親友。雑用とかす速く片すし、料理も美味しいよ。怒ると凄くブサイクになるんだ」

と、返す武に周平は口を挟もうとして、梅之助の真剣な顔が妙で噤んだ。

「適当に嘘を並べてないか？……」

「僕、正直に答えているよ」

「他に知っているお客さんとかいるか？」

「御隠居さん……なら、ニコニコしてるけど迫力ある。一緒にくるお兄ちゃんは頼りなくて、先生のファンみたい！……けど、誰も疑ったりしないよ」

「成程……ここの生活は不便だろ!?」

「別に！……色々覚えられて楽しいよ。僕、お寺で住むの？」

「ああ、共に暮らす覚悟はあるか？……」

と、問われて黙り込む武は夕食を平らげた。

「考えとくよ。先生、僕奥へ行っていい？」

「ええ！……大丈夫？」

と、明江の気遣いに、頷く武は中へ入っていった。

明江は一気にビールを飲んだままの勢いで、一々苛々させる梅之助へ噛み付いた。

「何を企んでいるんですか!?　武君への観察や試す質問もしたりして弄んでいるの！　非常に不愉快です！　もし、引き取りたくないのなら結構です。私が責任持ちます。もう、身勝手な勘繰りで乱すのは、やめて下さい！」

を、傍観している周平は思った。

〝あれ、早々と御隠居の予想通りになったわ。仕方ないわね！……子供産めないし、協力するけど……〟

「すみません。厭な気分にさせまして……しかし、武の性格が切実な問題ですから、つい！……いくら、小さい頃の義男と良く似ており可愛くても、中身が育てた嫁の価値観では、困りますし、今から改善可能なのかを見極めておりました」

「もし、駄目だったら!?……」

「本音は生活したくありません。まるで生き方が違うからです。人々の幸せを祈り日々精進する私が地味で退屈だと、贅沢に憧れる義男は都会へ飛び出しました。いつのまにか、魅入られた金の力や人望を信じ始め、同じ主観の雅美さんと交際し化けてしまった！……二人とも大切に守ってきた寺や平和な街を、貧しく下品と嘲笑ったのです。情けなくて！……

……跡継ぎを捨て人生の勝者だと自慢する息子が結婚した時、絶縁しました。忘れかけていた過去から呼び戻された巡り合わせの中で、最期に後悔してくれたのなら、救われます」

「あの！　武君は凄くいい子です」

「ええ、納得しました。でも、蘇った息子夫婦の邪念から私は、武と会った瞬間の異なった印象や菊池さんに懐いている姿も疑い、心眼すら曇りました。しかも、雅美さんの嫌いなタイプを慕っているのが不思議で！……」

「流石、分かってるわね。随分と目の敵にされ、職は失うしひどいもんよ。けど、危険も顧みず武を火事から助けたり、預かったりする一流のお人好しなの、もう、大変よ！……」

「ありがとうございます。あなた方と武の御縁や私が拘りから抜け出せた事も、仏様のお導きです。いつまでも、菊池さんの迷惑を楽しみつつ支えられる村田さんでいて下さい。素敵な関係は掛け替えの無いものです」

「まあね。無軌道ぶりが面白い反面、ハラハラさせてくれるの。だって、辰也と携帯なくても通じ合えたり、突然、暴走して火に向かい怒って決闘するのよ！……」

と、梅之助に笑い飛ばしてもらい、場を明るく盛り上げようとした周平のネタは、受けず深刻になった。

「やはり、武の背後にいる影は？……」

「まだ、いますか？……」

と、答える明江と梅之助に周平は、心で突っ込んだ。

〝えッ!? 会話が成立してる！……同じ人種？……頭痛い〟

「火災の時にはいました。一緒に連れて行こうとするので激怒して！……」

「しつこく、武を狙っているのですね」

「多分……諦めてないのかも……あれから全く気配がしないので油断してました」

「よほど、菊池さんが恐いのですね。生甲斐になった武の命は、私が守ります。もし、困りましたら、ご加勢お願いします」

「はい、必ず！……今度見付けたら、絶対に許しません！……」

と、明江の殺気を空中でキャッチするナイフは、震え離れた。

「あなたの前には現れませんよ。引き取られる先へ付いて行くだけ！……」

翌日の朝、武は黙って荷作りをした。

「明日、迎えに来ます」

と、ホテルへ戻っていった梅之助を待つ武は、店内の清掃を明江としていた。

明江と武は、込み上げてくる寂しさを我慢し、最後の作業を淡々とやった。開くドアから梅之助が入ってきた。

「おはようございます」

と、お互いに挨拶を済ませると、武が梅之助に言った。

「僕、おじいちゃんと一緒に暮らす！……先生はいてほしくても、養えないから別れてやるよ。物のない普通の生活にも慣れたし、頑張るから！……」

「ごめんね、貧乏で……」

「いいよ。逞しくなったし、負けない」

「元気でね」

と、明江は武を抱き締めた。

「心配しなくても、大丈夫！……でも、先生が寂しがると可哀相だから、メール打ってやるよ」

「ありがとう。電話もしてね」

「長い休みなら泊まるの許可してあげる」

と、周平が透かさず足した。

「うん。バイバイ」

と、目に涙が溜まる武は、振り切るように梅之助の手を取った。

「では、失礼します」

と、頭を下げる梅之助は、握り返し武と歩き始めた。

付いて出る明江と周平は、遠くなる二人の背中を泣きながら見送っていた。

闇の中で穴に落ち屈折し現在へ着地した辰也は、目を覚ましどんどん体力も回復していたが、途方に暮れていた。本来ならベッドを開け、魂が求める居場所へ帰りたくても、辰也は自分の名前すら解らず、不安と孤独が覆っていた。だが、ブラックにとって、記憶のない辰也が、唯一の救いだった。

「あッ、やばかった……もし、あったら一巻の終わりや、わしは……自滅や!!……いや、まだ行ける！　幸い厭な女のエールも消滅してるし、追い込んで自殺か、野垂れ死にや！……協力してもらうで、看護助手！……」

と、辰也が院内をうろつく時間に合わせ、ブラックは指をクルクル回して、岩井の悲しい思い出を鮮明に呼び起こし煽った。

いつものように受付辺りで佇む辰也は、通行する色々な患者達の中から自分を知る人や過去の欠けらなど探していたが、埒も無く苛立つ目に〝立入禁止〟の札が映った。怪しい雰囲気へ誘われ、張ってあるロープも潜り進む辰也が、漏れる悪臭に鼻を押さえつつ薄暗い所で見えたリハビリルーム内は、白い布の掛かったものに埋め尽くされていた。ゾクッとする辰也は、引き付けられるが、遺体と気付き飛び退いた。

「何してるの!?　駄目よ、ここに入っちゃ!!」

　と、声のする方向へ驚き振り返る辰也に、岩井が近付いてきた。

「ふん、あんたか！……皮肉ね。こんなに沢山の尊い命が召されているのよ！　ダニの生存は不公平よ！……どうして代わってないの!?」

「あなたは僕を知っているんですか？」

「忘れられないわよ！　前にいたら！……」

「あの、教えて下さい。僕は誰ですか？」

　と、迫ってくる辰也を岩井は突き飛ばした。

　尻餅をつく辰也に岩井が叫んだ。

「あんたは母を殺した最低の人間よ！……私が看護助手になったのも、大勢から恨まれているクズを救う為じゃない！……大切なベッドも塞ぐな！　邪魔よ、消えて!!」

　と、カッターを持つ岩井は、打ちのめされている辰也に襲い掛かった。

　反射的に躱して逃げる辰也は、玄関から外へ出た。のめるように崩れたビル、ぺちゃんこな木造の建物、罅割れた道路、焼野が原の部分もある光景を見渡す辰也は、自然に涙が浮かんだ。覚えのない街へ湧く悲しみと岩井の言葉に沈む辰也は、端でする潮の香りを目指し歩き出した。放浪するしかない辰也は、ぼんやりと定めに任せていた。

　同じような表情で明江も客の引いた店内を片し軽く掃除していた。

「もう、ひどい顔！……武がいなくなってから腑抜け状態よ」

「えッ……ごめん……」

「捜しに行く？　被災地へ！……少し大変そうだけど、ボランティアに燃えつつ愛の足跡を辿る？……」

「ううん、もういい」

「どうしてよ!?……」

「もう辰也を感じないの。前みたいに心が通わない！……」

「一時的なもので、動くきっかけがあれば！」

「私もずっと待ってたけどないよ。突然ぷっつり切れて……闇が遮るだけ！……ひょっとしたら、石丸君は……」

「バカ！　絶対、大丈夫よ!!」

「でも……」

「何よ!?」

「私、そろそろ身の振り方を考えるね……いつまでも周ちゃんのお世話になってられないし……」

「弱虫！……私達までバラバラになっちゃったら、本当に辰也は！……」

と、涙を溜め怒る周平にひるむ明江は、鳴る携帯を確認した。

武からのメールを開き、明江の目が読んでいった。

〝先生、元気？　僕頑張ってるよ。おじいちゃんはちょっぴり怖いけど、優しくしてくれます。でも、若いお坊さん達への迫力ある教えがびっくりだけど……しっかり周りのみんなとも話して、知らない世界を楽しんでいるよ。又ね、バイバイ〟

と、旨くやっている武に安心する明江は、顔を上げた。

「武君から、見る？」

と、携帯を周平に渡す明江が、続けた。

「私も前に進まないと！……」

「好きにしなさいよ！　私は諦めないから！」

「ありがとう。就職活動するね」

と、返す明江は、二人の間に溝を芽生えさせても恋の呪縛から解放されたかった。

忘れたい明江に対し全く思い出さない辰也は、海から逸れ山の中をさ迷っていた。食べる物もなく疲れ果て仰むけに寝る辰也は、木々の枝から星を眺めていた。どんどん霞んでゆき意識がなくなる辰也をブラックは覗いた。

「まだ、あかんな！……」

と、気晴らしに飛び上がるブラックは、夜空を泳いでいた。

次の朝、太陽の光で目を覚ます辰也は、立ち上がり歩き出すが、フラフラの足取りで石に躓き下へ転がり落ちた。道の端に倒れている辰也を戻ってきたブラックが、離れて窺っていると、学校へ向かう武が気付き近寄った。

「あの……大丈夫ですか？……」

と、恐る恐る尋ねる武は、反応しない辰也に驚き梅之助へ電話をした。

ふと辰也の顔に留まる視線が、武の記憶を刺激してると、直ぐ梅之助と若いお坊さんが駆け付けてきた。

「平気か？　武」

「うん……」

「ここは任せて、学校へ行きなさい」

「あの……僕の知ってる人かな……」

「心当たりあるのか？」

「自信ないけど……」

「なら、後で聞かせてくれ……」

「分かった」

と、急ぐ武を背にして梅之助は、若いお坊さんと辰也を寺へ運んでいった。

引っ張られるブラックは、茫然としていたが、門の辺りで声を掛けられた。

「何の厭がらせだ。冷やかしなら、とっとと失せろ！……」

と、屋根の上からナイフが睨んでいた。

「一人で退治するのが難しいから、お前に助けてもらおうと追い遣ったんやけど……仏に僧侶はあかんやろ！……」

「うるさい！……困難でも必ずガキの魂を戴いてみせる！……今のままだと、プライドが納得しない！……」

「ほんま、あの女にきついダメージを受けておめおめ帰れんわな！……」

「黙れ！　手錠が取れん奴に言われたくない！」

「ヒステリー起こしたかて解決せん！……厄介な二人を出し抜くのは、わしらが協力するよりないで！……」

「簡単にほざくな！……住職の方は目で映せる辺りまでだが、随分、私を警戒している」

「だから力を合わせるんや！……はよせな、あの女が知ったら不味いで！……」

「きさまがあんな男を連れて現れるからだ！」

「アホ！　おらんでも、ガキの為やったら救助にきよるで！……お怒りやから今度は、許してくれへんな！……」

「態々、予想しなくても、本人から宣告されている！……」

「ほな、わしの提案飲むな！……」

「仕方ない。賛同してやる」

と、少し震えているナイフを握手で押さえるブラックが叫んだ。

「よし、絶対に勝つぞ!!」

と、闘志を燃やすブラックに、ナイフも弱気が吹っ飛んだ。

　寺の敷地は広々と縦に長く、両側を沢山の木々が囲んでいた。武は一番奥にある義男の部屋を引き継ぎ使っていた。障子を開けると見渡せる裏山の一番高い木の上へ武は、行ってみたかった。空へ近付けたら、両親とお話し出来る気がする武にとって、木登りの練習は大切な日課だった。だが、今日の武はランドセルを置くと、梅之助の側へ行き授業中も時々考えていた辰也、明江、周平の関係を解る範囲で説明した。

「似てるのか?……」

「うん……先生に連絡した方がいい?」

「なら、山をさ迷わず、菊池さんの所へ帰るだろう。不自然だ……訳を聞いてから判断するか……」

「でも、大丈夫なの?……」

「ああ、一度目覚めお粥を食べて、又寝たよ。お医者にも診察してもらったが、過労と栄養不良だから、暫くすれば起きれるよ」

「良かった」

と、武の素直な喜びが梅之助には嬉しく、純粋な心根のままスクスク育ってほしかった。

「くッそ~、仄々しやがって!……」

と、屋根の上で苛立つナイフを、ブラックが宥めた。

「まあ、一瞬の幸せや、我慢せい!……住職に二人の葬儀やらしたるで!……」

「具体的にどうするんだよ」

「えッ……と、お前も考えろ!……ともかく、アンチの塊女にばれんようせんとあかん!」

「ガキの携帯、水没させるか!?」

「アホ、こっそりせんと、他の手を取るやろ。送ってるつもりで実は、届いてへんがベストや！……」

「任せとけ、メールは途中で遮断にしたる！……お互いが不信感持つよう頑張るぜ！……」

「旨い事、頼むで！　チャンスは必ずくる！」

と、悪魔に再び浮かぶ笑みは色々な絆を乱し、妬みや不和も撒き散らす冷たい風となった。ぜひ然り気無く明江達の周囲に吹いて、分裂へ導いて欲しかった。ブラックの願いは、鋒の走った明江と周平に影響し、北川、崇へと広がる事だった。

暗い空気を変えようと北川が切り出した。

「そうだ、菊池さん。前の職場、別の小学校が買い取って、校長や先生方を一新しているぞ。更に、中途採用の募集もあるから、受けてみたら！……」

「ありがとうございます。でも教師に戻る自信は、まだありません」

「じゃあ、私が持っているビルで塾を始めたら！……」

と、北川は距離を縮め、崇の片想いが叶うように応援したかった。

「いえ、とんでもないです！……私、実家に帰って、父の畑を手伝いながら、近くで探します」

「辛いから逃げるなんて、最低よ！」

「周ちゃん、刺があるよ」

「いいんです。本当の事だけど、私は遣り直したいから街を去ります。御心配戴いて申し訳ありませんが、身勝手を許して下さい。いつか笑顔で再会したいです」

「残念だね……」

「僕、菊池さんと離れたくないよ」

と、寂しそうな崇に周平が益々腹を立てた。

「黙れ！　崇は関係ないし、腑抜けの菊池なんか慕う価値もない、ハズレ籤よ！……」

「周ちゃん。菊池さんを責めても仕方ないだろ。拗れて二度と会えなくなって、後悔しても遅いぞ！……」

「だって……」

と、足掻く周平は、一人になる恐怖と戦っていた。

袂を分かち前進する明江は、たとえ間違っていてもこの道しかなかった。

回復した辰也から記憶喪失だと聞かされた梅之助は、武に明江と連絡を取るよう勧めた。

辰也は武に寺での生活を教えてもらい、居候していた。他所から来た二人は、気が合い仲良くなったが、病気でも武の覚えている辰也と全く違うのが、不思議で堪らなかった。日課の木登りに付き合う辰也は、空と話す武が面白く共鳴していた。辰也もやると心惹かれ、込み上げてくる色々な思いを風に乗せたら、受け入れてくれる人がいるみたいで、嵌まっていた。

「あれでいこ！……」

と、二人を空中から眺めていたブラックが閃いた。

「ぴったりの方法が浮かんだか？」

「バッチリや。作戦会議やるで！……」

と、雲の上でブラックは、ナイフに計画を説明した。

夕食後、武は梅之助に尋ねた。

「どうして、先生から返信こないの？……僕、嫌われた？……」

「いや、何か変だ！……妨害されているイメージが漂っている……動き出したか？……取り敢えず武は、悟られないよう菊池さんへメールを送ってくれ！……その隙に私が救助を求める」

「旨くいく？」

「大丈夫だ！……しかし、私の手には余り有る殺気だ。武、くれぐれも用心するんだぞ」

「うん！」

と、答える武は、梅之助の真剣な表情に危険を実感した。

武と辰也を守ろうとする梅之助の必死な状況が遮断され、届かない為、明江は引越しの準備をしていた。望みを残し周平と別れたい明江がモヤモヤしていると、投函する音を捉えた。ふと胸騒ぎがしてポストから取る封書の裏に、梅之助の文字を映す明江は、急いで開け読んだ。驚く明江は直ぐに周平の店へいき、勢いのまま手紙を突き付けた。明江が呼吸を整えている横で、目を通した周平に断言した。

「私、二人を救い、決着もつけてくる！……」

「ちょっと、待った!!」

「えッ!?」

「私も行くに決まってるでしょ！　手伝って！」

と、返す周平は書いた張り紙を扉に付け、明江が手際よく片す店内も、半分後始末した。鍵を閉めると二人は、信じられない集中力で梅之助の所へ向かった。だが、長く乗り落ち着く明江は、クルクル変化する風景から電車内を眺め、周平との気不味いムードで視線が停止した。

「ごめんね。周ちゃんの方が正しかったね」

「当たり前よ。辰也が簡単にへばる訳ないもの！……」

「うん！　でも、本当に無事で良かった。会えるなんて夢みたい！……」

「バカ、現実よ！　どんなに待ち侘びていたか！」

「又、三人でタコ焼き食べたいね」

「小さいわね発想が！……でも、凄く美味しいものを作ってあげる」

と、返す周平と明江は、久し振りに笑い合った途端、二人の動きをキャッチするナイフが叫んだ。

「あッ、ばれた！……こっちへ来る！……手紙だ！」

「出し抜かれたんか?……しゃあない。法力で隠しよったら、ワシらかて不利や！……急ぐぞ！」

「ああ」

と、両手から出すビニールの端をくっつけ左右へ広げるブラックとナイフは、武が遊ぶ木々の片面だけをすっぽりカーテンのように吊った。

仕掛け待機するブラックとナイフは、武と辰也が登ってくるのを薄笑いも浮かべ狙っていた。

近付く二人は寺への道を迷っていると、突然、明江が周平に示した。

「あっち！……」

「何で!?……」

「邪悪な力が漂っているから！……」

と、走り出す明江を追う周平は嬉しかった。

「よし、しつこくて元気な菊池になってる」

「突っ込むから、油断しないでね」

と、必死な明江の念押しで口を結ぶ周平に比べて、危機感の無い武と辰也は、木の上で仄々としていた。

「本日は微風だな」

「そうだね」

と、答える武の気が緩んだ瞬間、ブラックとナイフは息を合わせビニールを両方で引っ張った。

繋ぎ目から離れ開くと、塞ぎ止めていた風が一気に吹き込み、凄いパワーで辰也と武は屋根の方へ飛ばされ、一回転して斜め前の枝に引っ掛かった。続く強風でバランスが崩れ滑る辰也は、咄嗟に枝を持ちぶら下がった。とにかく木へしがみつきたくて踠く辰也が、降ってくる武に驚き腕を取りストップさせた。尚も根から倒して下敷きにしたいナイフと、辰也の手を激しく踏んで落としたいブラックに分かれ攻め立てた。

「早くくたばれ！　結局あかんのや！……足掻かんと放せ。楽になるぞ！」

「もう、駄目だ！……」

と、辰也が観念する寸前、声が響いた。

「頑張って！　直ぐ助けるから！……今度こそ許さない!!」

と、怒る明江から放たれた光の矢が肩に刺さるブラックとナイフは、呻き硬直した事で風も静かになった。

「おとなしくしなさい。動いたら次は、急所へ命中させるから！……」

と、威嚇している明江の力を感じた梅之助が、駆け付けてきた。

「大丈夫か!?」

と、瞬時に把握する梅之助は、周平が登り武の足を掌で支えゆっくり移動させているのを察し、下で受け止めた。

「ああ、無事で良かった」

「ごめんなさい。先生！……」

と、武は梅之助から離れ、明江に抱き付いた。

「ありがとう」

「間に合って、ホッとした」

と、明江が武を構っている隙に、ブラックとナイフは寄って気配まで消した。

「不味いぞ」

「どうにか、あの男だけでも……」

と、懲りずに狙うブラックの目に映る辰也は、周平の協力で地面に立った。

「もう、心配させないで！……やっと会えたのに！……ずっと寂しかった、愛してるわ!!」

と、周平は辰也の唇を熱く奪った。

「嘘、反則……」

と、明江が泣きそうな顔で見詰めていると、仰天し後ろに退く辰也の頭を強打した揺らぐ木へ、ブラックが蹴りも加え押し潰そうとした。

「危ない!!」

と、知らせる明江の叫びに反応する周平が、意識のない辰也を抱いて転がり回避した。

激怒する明江が打つ二の矢は、ブラックの胸を射止め、膝から崩れ衰弱する姿に逆上するナイフが言った。

「くそ～、もう一度、仕掛けたる!!」

「アホ、血迷うな！……お前は正体現してへんし、ただのミスや。はよ、逃げろ！……」

「しかし……」

「わしはもう三回失敗してるから、手錠も取れへんし、あいつと同性心中や！……今までおおきに。ぐずぐずせんと行け！……」

と、諦めるブラックの足が麻痺してくると、躊躇していたナイフが空へ跳ね上がった。直ぐにブラックは辰也の所へ引き寄せられた。散ってしまい位置がつかめない明江は、根絶したくて苛立ち捜していると、梅之助に制止された。

「少し違うようだ。退治しても、こちらの願いを踏み躙る結果になりそうじゃ！……」

「えッ!?……」

「あれが見えるか？……」

「何で!?……」

と、明江の目が捉えたものは、辰也の首へ巻かれた沢山の鎖と末端で小さくなったブラックが、最後の力を振り絞って締めていた。

「駄目よ！　石丸君を返して！」

「アホ！　わしも終わりやけど、こいつかて生きられへんで！……仲よう地獄へ送ってくれ、手間が省ける。いつでもええで！……」

「じゃあ、あなたを助けないと、石丸君も連れていくの!?……」

「当然や。悪魔と繋がったんや、命を落としても狩るのが掟や！……せやのに、あんたのお陰でこいつ、苦労や我慢、後悔もしてもうて、反省しろ！……無駄ばっかり重ねんと、潔く死なせてくれ！」

「どうすれば、石丸君を救えるの!?」

「あんたに外せるか、これが!?」

と、ブラックは手錠を示した。

「やってみる！……」

「ええけど、わしを殺したら一緒やで！……」

と、ブラックの突っ込みで、迷い思案する明江を梅之助が導いた。

「なら、仏様に縋るが良い」

「出来ますか!?……」

「弱気になるな、伺ってからじゃ」

「まだ、揉めてるの？……」

と、周平が呟くと、武が答えた。

「辰也兄ちゃん、今のままだと起きれず、困っているよ」

「えッ、本当!?」

「そう、誤算なの。願うしか方法が……周ちゃん、石丸君を運ぶの手伝って！……」

「任せて！」

と、周平が頭、梅之助は足を持ち、寺へ入った。

雲に隠れ覗きながら疼く肩に堪えるナイフが、険しい表情で渦巻く胸中の憎しみや悔しさを、ここにいる一族の末代まで亘って御礼参りし、弱れば滅ぼそうと決意していた。

本堂に辰也を寝かすと、ブラックは息苦しくて汗も流しへばっていた。

「早くとどめ刺してくれ……」

と、唸るブラックの横で、梅之助が上げるお経に釣られ、明江、周平、武も合掌した。

「菊池さん、手を貸して下さい」

と、梅之助が振り向いた。

「はい。どうぞ……」

「数珠の上に乗せ、力をお願いします」

と、梅之助に指示された通りする明江は、辰也の自由と武の安全を魂へ祈り放射すると、光の輪が生まれた。

「カァーッ！」

と、梅之助がブラック目掛け投げた。

びっくりして反射的に逃げるブラックは、伸びた鎖がすっぱりと切れた拍子に、数珠の中へ嵌まった。

「えッ!?　何するんや!?……苛めんと楽にしてくれ！……」

「慌てるな！　これから申す事を飲めば、解いてやる。仲間の悪魔に武やその子孫へも仕返しせぬよう約束させてくれ！……随分、怒り睨み続けておるからな！……で、お前も辰也さんを諦め、菊池さんの未来にも付き纏わないと誓え！……破れば、自滅するよう拝んである。どうだ!?」

「分かりました。凡て忘れ二度と現れません。あいつにも伝え承知してもらいます」

と、ブラックが条件を送った途端、ナイフの激しい殺気が薄れるのを感じた明江と梅之助は安心した。

「たがえるでないぞ！」

と、外しながら梅之助が念を押した。

「当然や！……折角命拾いしたのに、アホな真似せいへんし、もう拘わりとうないのはわしらかて同じじゃ！……あの女が加勢したせいで踏んだり蹴ったりの大誤算じゃ！……情けない……惨めや……けど将来又、男が腐ったら他の奴に狙われるで……お互いの教訓か……ほな……」

と、黒い煙になりヨロヨロ飛ぶブラックをナイフが迎え、連れてす速く消えた。

強打し戻った記憶と共に目覚めた辰也は、心配そうな明江を認識するや否や、起き上がり抱き締めた。

「ああ、触れる……菊池！　ずっと会いたかった！……」

「私も！」

と、涙を溢れさせ喜ぶ明江と辰也の間に、周平が割り込んできた。

「ちょっと！　二人の世界に浸って、私を無視しないで！……」

「うるさい！　近寄るな！……気持ち悪いキスで吐きそうだ！」

「ひどい！　私の愛情を！……」

「もう駄目だから……」

　と、明江が口を挟んだ。

「おかしいわ！　菊池は辰也の彼女じゃないでしょ！」

「いや、俺は菊池の恋人です。浮気もしません、相手が誰であろうと！……絶対、この幸せを放したくない！……」

「信じていいの？」

「勿論。ろくでなしだけど、俺をよろしくお願いします。菊池の側ならまっとうに生き、今までの罪も償っていけるよ」

「うん！……私、応援する。辰也と背負っていくね」

「ありがとう」

　と、見詰め合う明江と辰也に、周平がむくれた。

「冷たい！　薄情者！……どうせ私なんかお払い箱よ。別に恨んだり、グズグズ付き纏わないわ！　ええ、本当！……親切なんて無駄、友情はペラペラの紙より脆いわよ！……」

「ごめん！　つい熱中して！……でも私、周ちゃんに凄く感謝してる。大変な時、沢山励ましてくれた掛け替えの無い人だよ」

「いいわよ、無理しなくて！　結局、彼の方が大切でしょ！　私だって……親友は解消ね！」

「俺は離れてくれるなら、文句ないぜ」

「ふん、分かってるわ。潔く身を引けば満足でしょ!!……」

と、泣きながらツンツンする周平に、明江が言った。

「あの、家族になろうよ」

「えッ!?」

と、周平と辰也が怪訝な顔をした。

「良い考えじゃ」

と、梅之助が後押しした。

「三人で住み、楽しい家庭を作ろうよ。但し、石丸君には、ちょっかいかけないでね」

「まあ、二人の愛を邪魔しない一親等的立場なら賛成だよ。序でに俺も心の尊厳を認め〝周〟にしてやるよ」

「嘘！　〝平〟取れた」

「仕方ない。大事な妹に昇格」

「えッ！　本当に!?……でも、不満だし、嫉妬しちゃうけど……妥協してあげる」

と、ぴたりと涙が止まる周平は、安心した表情になった。

「もし、辰也兄ちゃんが裏切ったら、先生は、僕のお嫁さんにしてあげる。みんなでお寺を守っていこ！……」

「おいガキ、生意気ぬかすな！……」

「未来は絶対じゃないもん。先生を不幸にしたら僕がもらうよ！」

「そうね。私にもチャンスが！……」

と、周平が武に便乗した。

「残念だけど、二人共ないね。俺は菊池に生かされているんだ。他の居場所などない。人間らしく暮らせる三人の生活こそ、唯一無二。死に物狂いで維持し、天寿を全うしたいんだ」

「先生が飽きたら？」

「菊池の自由を応援するよ」

「武、疑うなら偵察に通うんだな」

と、梅之助が口を挟んだ。

「来いよ、チェックしに！……」

「武君、ありがとう。先生、素敵な関係を大切にし広げていくから加わってね。待ってる」

「うん！　確かめに行く！……」

と、返す武の素直さと明江の笑顔に、みんなは明るい未来を想像した。


間も無く明江と辰也は結婚した。泣く周と崇はお互いを慰め合った。北川は御祝儀に三階建てのビルを格安で貸した。一番上が新居、二階は塾と周の部屋で半分ずつにし、一階でタコ焼き屋を始め、入って食べれるスペースも少し設けた。明江の教室は、今更だけど勉強したい人、出来なかった人を中心に募集した。まだまだ軌道に乗らない明江は、辰也と周の店を手伝っていた。家事も分け、主に料理、洗濯は明江と周、全部の掃除を辰也が担当し、補い協力した。頑張って働いた一日の終わりは、三人でホッとして和む食事時なのに、しばしば理由を付け北川と崇が尋ねてきた。北川の土産でテーブルは豪華になるが、いつも辰也、周、崇が寄ると些細なきっかけで揉め騒がしくなった。見守る北川と明江は、困りながらも楽しく幸せだった。

ここは苦難を共に乗り越えて勝ち得た、小さな家庭です。

エピローグ

出発点に戻ったブラックは、大木の根元で落ち込んでいるのを、側で座るナイフが慰めていた。

「しっかりしろ！……正しく九死に一生を得て……凄い運だよ」

「アホ！　最低の定めやんけ！……悪魔が和解で終わるなんて恥や！……泣き面に蜂、骨折り損のくたびれ儲けじゃ！……でしゃばり女!!」

と、ブラックの中に蘇る増悪で溶け出す手を、驚くナイフが持ち押さえた。

「おい、思い出すな！……」

「ヘッ、自滅の術か!?……糞坊主!!」

と、ブラックが叫ぶと、数カ所が破れ流れだした。

「バカ！　考えるな！」

と、ナイフが魔力で静めた。

「わし、欠陥品の負け犬か！……あの時、条件なんか蹴って、お前に託すんやった！……」

「いや、無駄死など馬鹿げている」

「お前は掛かってへんのか？……」

「ああ、私には必要ないのさ」

「何でや、復讐出来るぞ！……」

「確かに、可能だしお前のような失敗はしないが！……もう、拘わらぬ」

「えらい弱気やな！……本当は怖いんか!?」

「そうだ！　引き際は大切だ。私が諦めなければ、お前も忘れないだろ！……心に秘めていたら、体が弱る一方だ」

「せやけど！……」

「黙れ!!……これ以上、ドロドロが拡大すると、体力も低下しているし死ぬぞ！　好い加減にしろ！……生かされた命をもっと重視しろ！……回復すれば、別のカモで目一杯憂さも晴らせるだろ！……」

　と、ナイフに返されるブラックは、恥辱の思いが収まり、トロトロ状態で止まった。

「分かった！　わしがおらんと寂しいのやろ！」

「一人じゃ喧嘩は、成立しないだろ」

「しゃあないな、お前の為に生きたるで！……安心しろ！……」

「戯言は治ってからにしてくれ！……行くぞ！」

「わしの魂は用意してくれたんか？」

「一コやるよ……全く世話の焼ける奴だ！」

「序でに、運んでくれ！……」

「自分で帰れないのか!?……」

「勿論や。そこらじゅうボロボロで動けるか！……元気なんは口だけや！……置いてったら、友情が号泣するで！……」

「勝手にほざけ！……」

と、呆れるナイフは、両手から出すビニールでブラックを包んだ。

「ボケ、苦しいやないか!?」

「空気穴は自分で開けろ！」

と、ブラックの頭上で巾着にし、しっかり握って大空へ飛び立った。

「扱いが悪いぞ……」

と、ぼやきながら穴を指で抜くブラックは、ナイフにぶら下げてもらい天上の闇へ消えていった。

暫くすると……。

「バカモノ！……何と愚かなざまだ！　あれ程注意したのに泥沼へ嵌まり痛め付けられおって、気合が足りん!!」

「申し訳ありませ――ん！……」

「まず、悪魔の泉へ浸かり体の回復に努めろ！……治ったら報告書の提出と体験発表を行なえ！……最後はみっちりと教育的指導も受けて貰う、覚悟しろ!!」

「はい！……すんませ――ん！……」

と、頭首とブラックの声が響いていた。

完

あとがき

この作品を書こうと思ったきっかけは、テレビで活躍するお笑い芸人さんでした。踊るように楽しみ笑いを届ける姿にイメージが刺激され、自分の作品の中で描いてみたいと思いました。そこから筋を考え肉付けして、登場人物へ性格や履歴など与え、心が和む作品になって欲しいと願い書き上げました。

凄く時間を要しましたが、お笑い芸人さんのイメージは私の中で灰汁のある大好きな人物として、主人公達のキャラへ絡み付き作品を運んでいきました。

最後に笑顔が浮かべば幸いです。

著者プロフィール
松本 貴久（まつもと たかひさ）
大阪府在住で、趣味は家でテレビを見ることです。おかげでブクブクしており中性脂肪がやばいですが、この作品はテレビからイメージを戴きました。創作の種を感じた瞬間は、とても楽しかったです。

素敵な三角関係

2023年11月15日　初版第１刷発行

著　者　松本 貴久
発行者　瓜谷 綱延
発行所　株式会社文芸社
〒160-0022　東京都新宿区新宿1－10－1
電話　03-5369-3060（代表）
03-5369-2299（販売）

印　刷　株式会社文芸社
製本所　株式会社MOTOMURA

©MATSUMOTO Takahisa 2023 Printed in Japan
乱丁本・落丁本はお手数ですが小社販売部宛にお送りください。

送料小社負担にてお取り替えいたします。

本書の一部、あるいは全部を無断で複写・複製・転載・放映、データ配信することは、法律で認められた場合を除き、著作権の侵害となります。

ISBN978-4-286-24480-8